STAR WARS™

VECTOR I

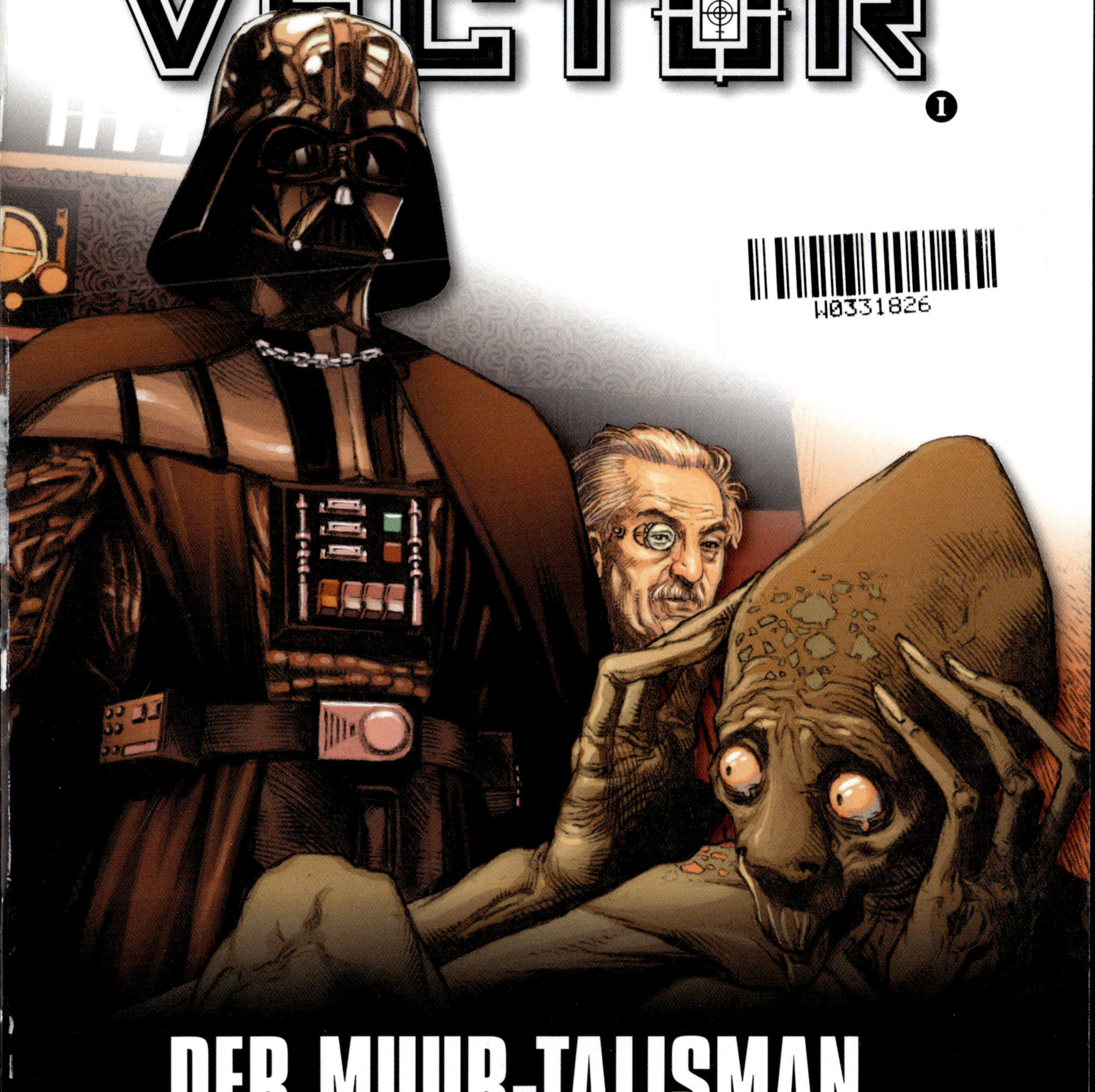

DER MUUR-TALISMAN

Autoren
JOHN JACKSON MILLER
MICK HARRISON

Zeichner
SCOTT HEPBURN
DOUG WHEATLEY

Tusche
JOE PIMENTEL
DAN PARSONS

Farben
MICHAEL ATIYEH
DAVE McCAIG

Cover
TRAVIS CHAREST
DOUG WHEATLEY
DUSTIN WEAVER

US-Redaktion
RANDY STRADLEY
FREDDYE LINS
DAVE MARSHALL

Redakteure
MATHIAS ULINSKI
GUNTHER NICKEL

Chefredakteur
JO LÖFFLER

Übersetzer
MICHAEL NAGULA

Grafik & Lettering
AMIGO GRAFIK

Impressum: Die deutsche Ausgabe von **STAR WARS Sonderband 46: Vector I – Der Muur-Talisman** wird von der Panini Verlags GmbH herausgegeben, Rotebühlstr. 87, 70178 Stuttgart. Geschäftsbereichsleiter: Max Müller; Chefredakteur: Jo Löffler, Redakteure: Mathias Ulinski, Gunther Nickel; Übersetzung: Michael Nagula; Marketing: Claudia Hieber & Holger Wiest; Produktion: Sanja Ancic; Grafik & Lettering: Amigo Grafik, Asperg; PR / Presse: Steffen Volkmer; Druck: Panini S.p.A., Italien; Vertriebsservice: stella distribution, Hamburg, Fax: 040/808053050; Auslieferung Buchhandel: VVA – Vereinigte Verlagsauslieferung, Verl, **ISBN** 978-3-86607-555-9; Auslieferung Comic-Fachhandel: ZTV, Krefeld; **Panini-Nachbestell-Service:** Bezugsmöglichkeiten für ältere Ausgaben unter www.paninicomics.de. Reprints: *US-Star Wars Knights of the Old Republic #25 - #28 & Dark Times #11 - #12.*

www.paninicomics.de

Willkommen zu „Vector" …

… einem Crossover-Spektakel wahrhaft galaktischen Ausmaßes, ist es den Machern doch gelungen, alle vier derzeit laufenden Star Wars-Serien, also Knights of the Old Republic, Dark Times, Rebellion und Legacy, miteinander zu verbinden. Kein leichtes Unterfangen, denn zwischen Knights of the Old Republic und Legacy liegen über 4000 Jahre. Doch es ist vollbracht und zwar auf eine Weise, wie wir es nie für möglich gehalten hätten.

Die Geschichte beginnt mit einer Vision Q'anilias, einem Mitglied des Geheimbundes der Jedi, bevor die Handlung nach Taris springt, wo Zayne Carrick und der Kleinkriminelle Gryph scheinbar planlos durch die Unterstadt irren. Doch ganz so planlos ist Zayne, der noch immer des Mordes an vier Padawanen angeklagt wird, nicht: Er will herausfinden, wer Krynda ist. Diesen Namen hatte er am Ende des Sonderbandes #43 von der sterbenden Raana Tey erfahren, und er hofft nun, dass er mit Hilfe von Krynda die Intrige des Geheimbundes aufdecken und seinen Namen von jeglicher Schuld reinwaschen kann. Doch erst einmal kommt alles etwas anders …

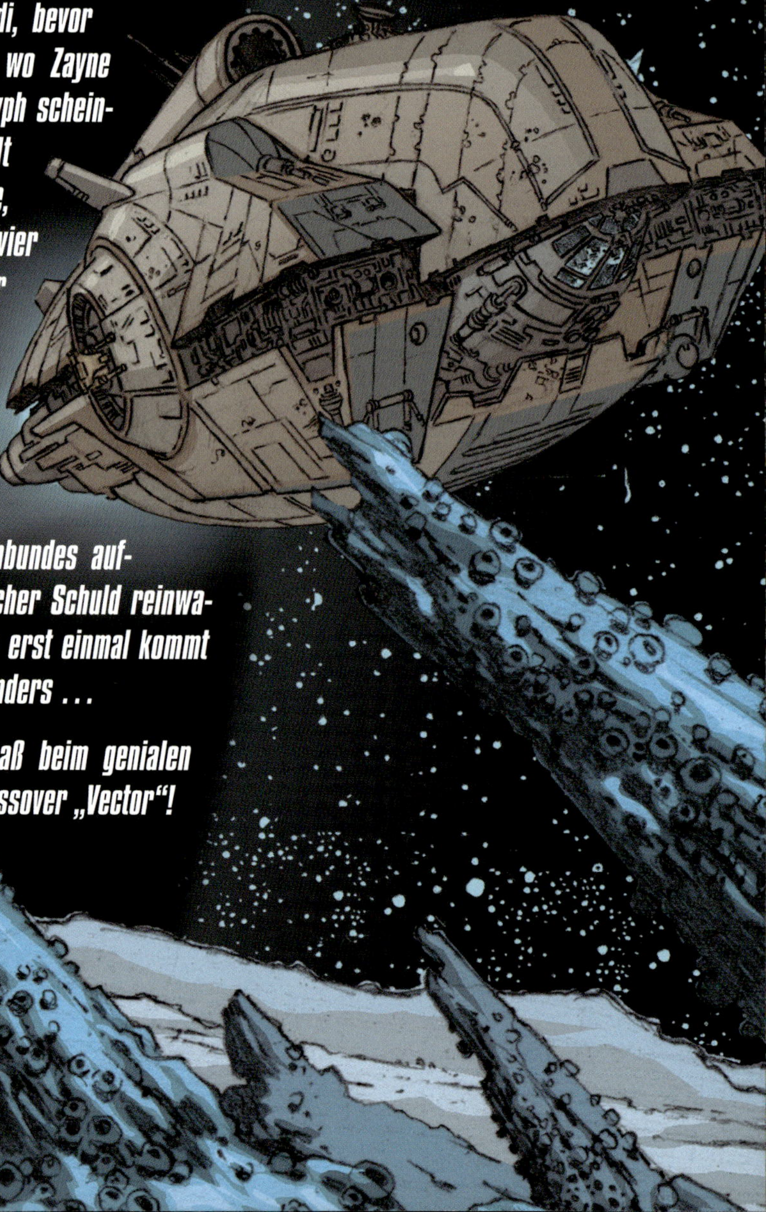

Viel Spaß beim genialen Crossover „Vector"!

„WIR KOMMEN ZU SPÄT! HIER GESCHIEHT ES AUCH!"
DANN IST ES NIRGENDS SSSICHER! FELN, HILF MIR, Q'ANILIA ZURÜCKZUHOLEN!
BIN GRAD BESCHÄFTIGT, XAMAR! DIE RAKGHOULS NEHMEN KEIN ENDE! SIE SIND ORGANISIERT: ... BENUTZEN WAFFEN UND SCHIFFE!
EIN VERSTAND! EIN VERSTAND!
DIE RAKGHOULS SOLLTEN DOCH HIRNLOS SEIN ...
GAHH!
... ABER ICH SPÜRE VERSTAND! MIT HILFE DER MACHT SEHE ICH ...

... DAS ENDE VON ALLEM.
IST DAS ...
... IST DAS DIE ZUKUNFT ODER GESCHIEHT ES JETZT?
ES GESCHIEHT JETZT.
ZAYNE CARRICK!

UND JETZT.
UND JETZT.
UND JETZT AUCH.
DAS MACHT ES NICHT LEICHTER, WAS?

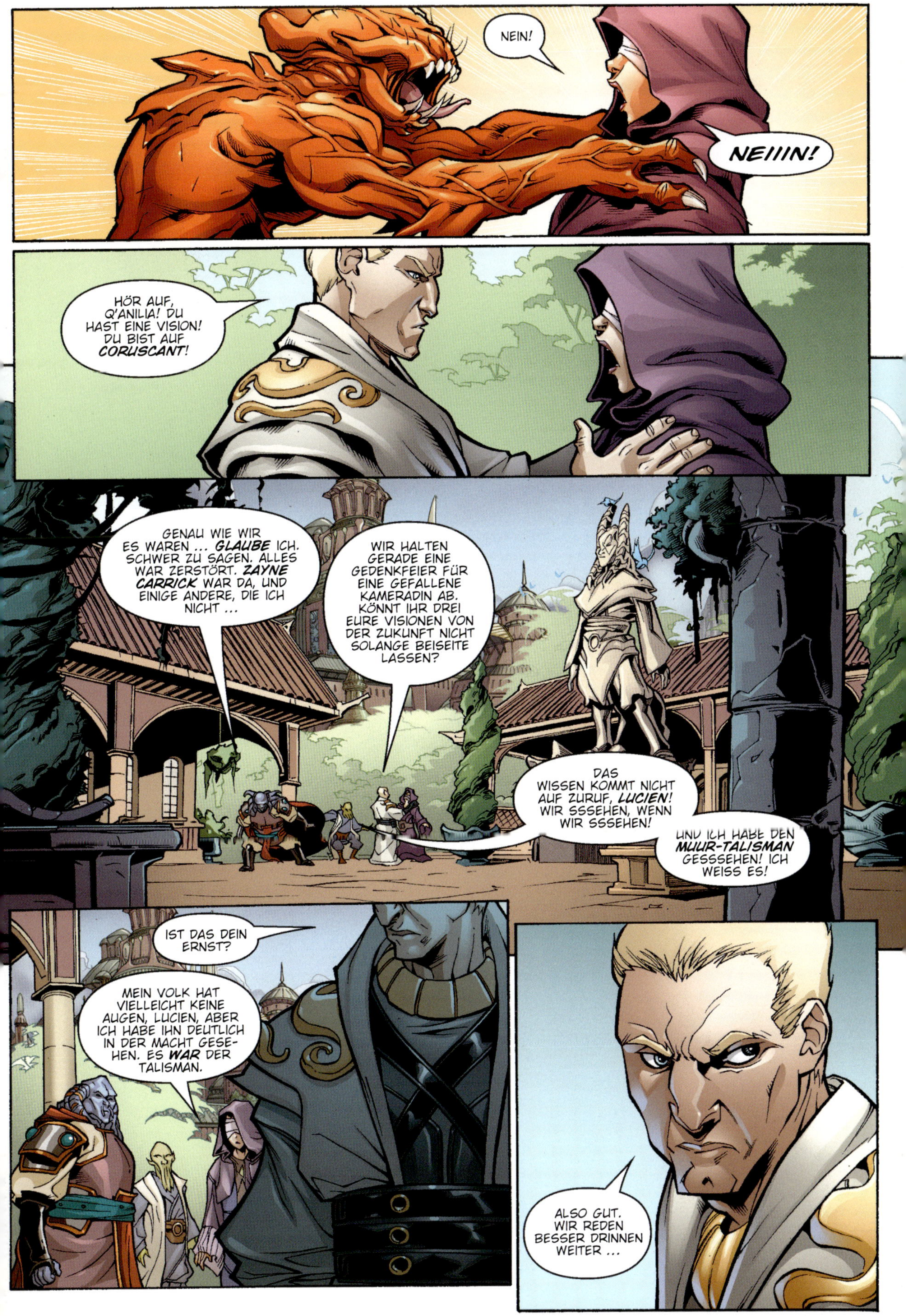
NEIN!
NEIIIN!
HÖR AUF, Q'ANILIA! DU HAST EINE VISION! DU BIST AUF CORUSCANT!
GENAU WIE WIR ES WAREN ... GLAUBE ICH. SCHWER ZU SAGEN. ALLES WAR ZERSTÖRT. ZAYNE CARRICK WAR DA, UND EINIGE ANDERE, DIE ICH NICHT ...
WIR HALTEN GERADE EINE GEDENKFEIER FÜR EINE GEFALLENE KAMERADIN AB. KÖNNT IHR DREI EURE VISIONEN VON DER ZUKUNFT NICHT SOLANGE BEISEITE LASSEN?
DAS WISSEN KOMMT NICHT AUF ZURUF, LUCIEN! WIR SSSEHEN, WENN WIR SSSEHEN!
UND ICH HABE DEN MUUR-TALISMAN GESSSEHEN! ICH WEISS ES!
IST DAS DEIN ERNST?
MEIN VOLK HAT VIELLEICHT KEINE AUGEN, LUCIEN, ABER ICH HABE IHN DEUTLICH IN DER MACHT GESEHEN. ES WAR DER TALISMAN.
ALSO GUT. WIR REDEN BESSER DRINNEN WEITER ...

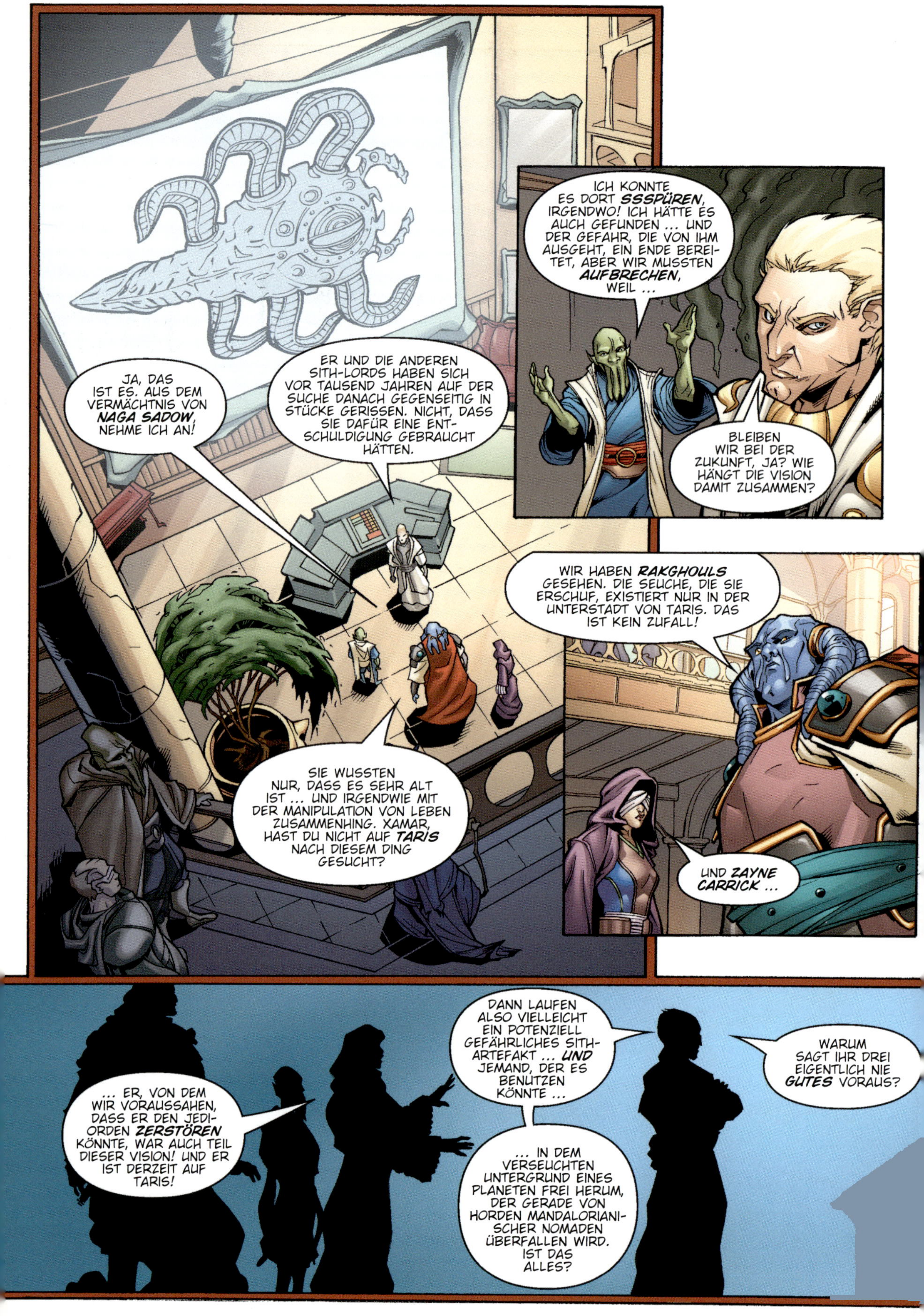
JA, DAS IST ES. AUS DEM VERMÄCHTNIS VON NAGA SADOW, NEHME ICH AN!
ER UND DIE ANDEREN SITH-LORDS HABEN SICH VOR TAUSEND JAHREN AUF DER SUCHE DANACH GEGENSEITIG IN STÜCKE GERISSEN. NICHT, DASS SIE DAFÜR EINE ENTSCHULDIGUNG GEBRAUCHT HÄTTEN.
SIE WUSSTEN NUR, DASS ES SEHR ALT IST … UND IRGENDWIE MIT DER MANIPULATION VON LEBEN ZUSAMMENHING. XAMAR, HAST DU NICHT AUF TARIS NACH DIESEM DING GESUCHT?
ICH KONNTE ES DORT SSSPÜREN, IRGENDWO! ICH HÄTTE ES AUCH GEFUNDEN … UND DER GEFAHR, DIE VON IHM AUSGEHT, EIN ENDE BEREITET, ABER WIR MUSSTEN AUFBRECHEN, WEIL …
BLEIBEN WIR BEI DER ZUKUNFT, JA? WIE HÄNGT DIE VISION DAMIT ZUSAMMEN?
WIR HABEN RAKGHOULS GESEHEN. DIE SEUCHE, DIE SIE ERSCHUF, EXISTIERT NUR IN DER UNTERSTADT VON TARIS. DAS IST KEIN ZUFALL!
UND ZAYNE CARRICK …
… ER, VON DEM WIR VORAUSSAHEN, DASS ER DEN JEDI-ORDEN ZERSTÖREN KÖNNTE, WAR AUCH TEIL DIESER VISION! UND ER IST DERZEIT AUF TARIS!
DANN LAUFEN ALSO VIELLEICHT EIN POTENZIELL GEFÄHRLICHES SITH-ARTEFAKT … UND JEMAND, DER ES BENÜTZEN KÖNNTE …
… IN DEM VERSEUCHTEN UNTERGRUND EINES PLANETEN FREI HERUM, DER GERADE VON HORDEN MANDALORIANISCHER NOMADEN ÜBERFALLEN WIRD. IST DAS ALLES?
WARUM SAGT IHR DREI EIGENTLICH NIE GUTES VORAUS?

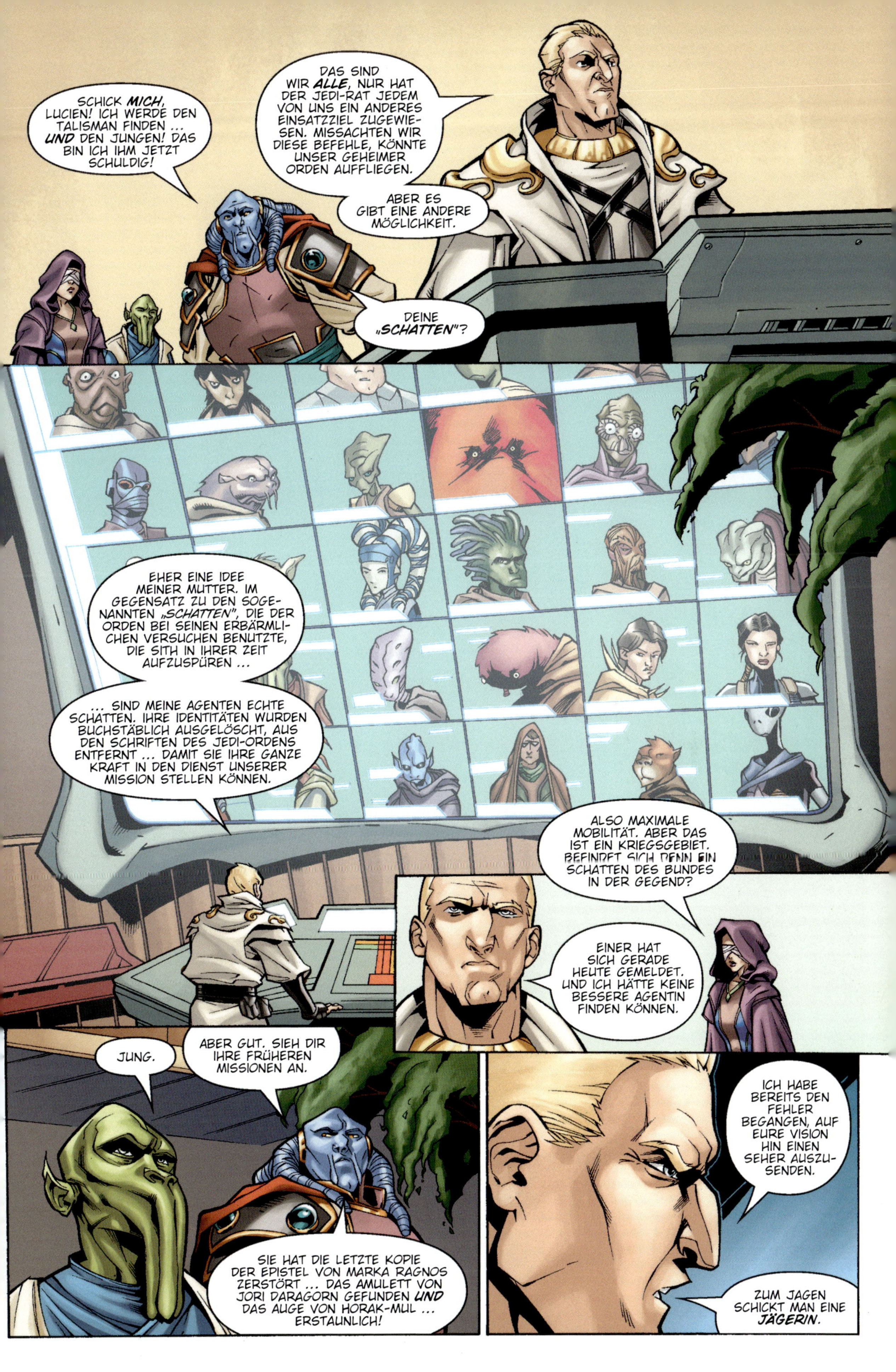

SCHICK MICH, LUCIEN! ICH WERDE DEN TALISMAN FINDEN ... UND DEN JUNGEN! DAS BIN ICH IHM JETZT SCHULDIG!
DAS SIND WIR ALLE, NUR HAT DER JEDI-RAT JEDEM VON UNS EIN ANDERES EINSATZZIEL ZUGEWIESEN. MISSACHTEN WIR DIESE BEFEHLE, KÖNNTE UNSER GEHEIMER ORDEN AUFFLIEGEN.
ABER ES GIBT EINE ANDERE MÖGLICHKEIT.
DEINE „SCHATTEN"?
EHER EINE IDEE MEINER MUTTER. IM GEGENSATZ ZU DEN SOGENANNTEN „SCHATTEN", DIE DER ORDEN BEI SEINEN ERBÄRMLICHEN VERSUCHEN BENUTZTE, DIE SITH IN IHRER ZEIT AUFZUSPÜREN ...
... SIND MEINE AGENTEN ECHTE SCHATTEN. IHRE IDENTITÄTEN WURDEN BUCHSTÄBLICH AUSGELÖSCHT, AUS DEN SCHRIFTEN DES JEDI-ORDENS ENTFERNT ... DAMIT SIE IHRE GANZE KRAFT IN DEN DIENST UNSERER MISSION STELLEN KÖNNEN.
ALSO MAXIMALE MOBILITÄT. ABER DAS IST EIN KRIEGSGEBIET. BEFINDET SICH DENN EIN SCHATTEN DES BUNDES IN DER GEGEND?
EINER HAT SICH GERADE HEUTE GEMELDET. UND ICH HÄTTE KEINE BESSERE AGENTIN FINDEN KÖNNEN.
JUNG.
ABER GUT. SIEH DIR IHRE FRÜHEREN MISSIONEN AN.
SIE HAT DIE LETZTE KOPIE DER EPISTEL VON MARKA RAGNOS ZERSTÖRT ... DAS AMULETT VON JORI DARAGORN GEFUNDEN UND DAS AUGE VON HORAK-MUL ... ERSTAUNLICH!
ICH HABE BEREITS DEN FEHLER BEGANGEN, AUF EURE VISION HIN EINEN SEHER AUSZUSENDEN.
ZUM JAGEN SCHICKT MAN EINE JÄGERIN.

TARIS. DIE UNTERSTADT.
RAAAARGGHH!
AGGH!
NEIN ...

HAUT AB!
RAAAWRR!
URK!

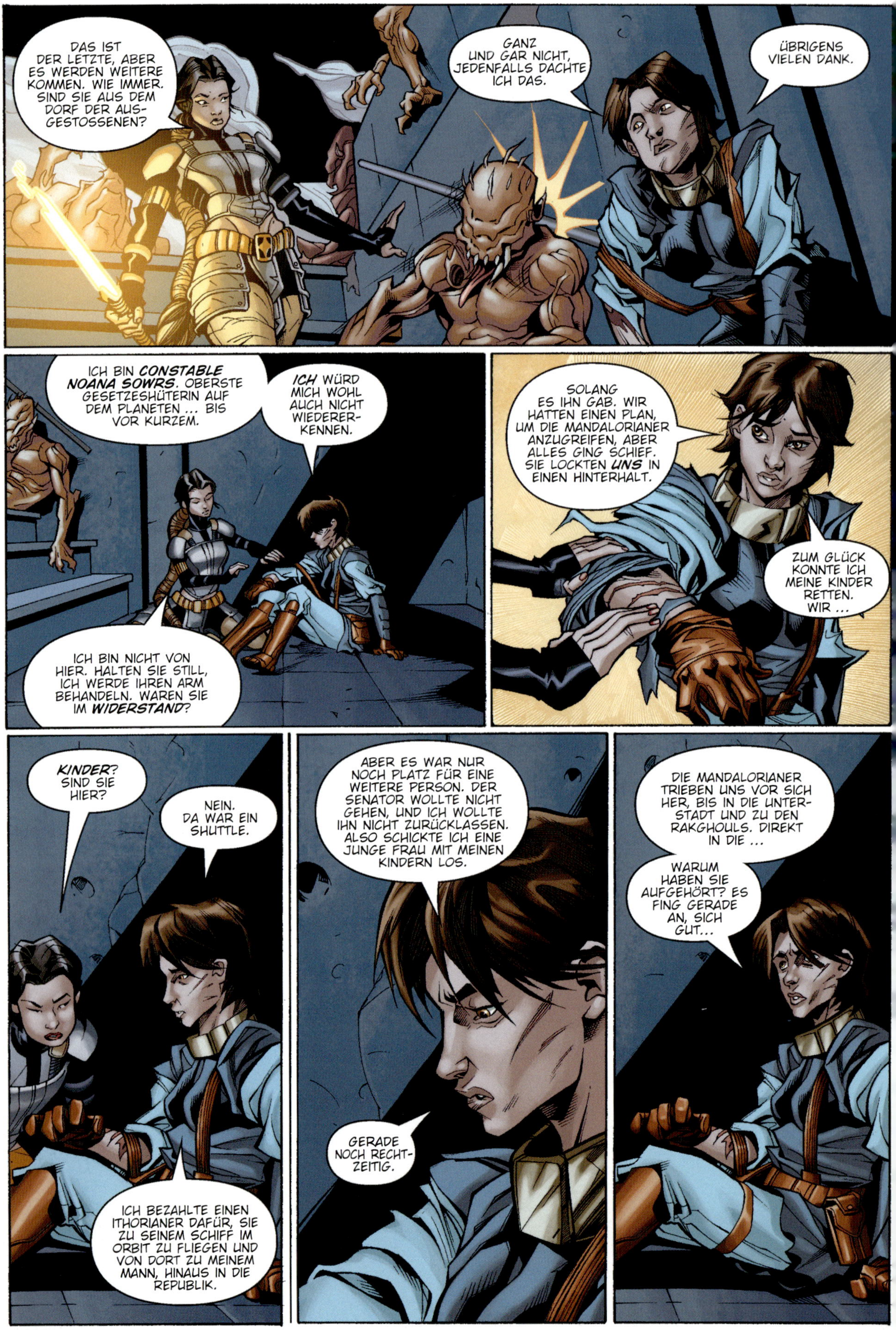
DAS IST DER LETZTE, ABER ES WERDEN WEITERE KOMMEN. WIE IMMER. SIND SIE AUS DEM DORF DER AUS-GESTOSSENEN?
GANZ UND GAR NICHT, JEDENFALLS DACHTE ICH DAS.
ÜBRIGENS VIELEN DANK.
ICH BIN CONSTABLE NOANA SOWRS. OBERSTE GESETZESHÜTERIN AUF DEM PLANETEN ... BIS VOR KURZEM.
ICH WÜRD MICH WOHL AUCH NICHT WIEDERER-KENNEN.
ICH BIN NICHT VON HIER. HALTEN SIE STILL, ICH WERDE IHREN ARM BEHANDELN. WAREN SIE IM WIDERSTAND?
SOLANG ES IHN GAB. WIR HATTEN EINEN PLAN, UM DIE MANDALORIANER ANZUGREIFEN, ABER ALLES GING SCHIEF. SIE LOCKTEN UNS IN EINEN HINTERHALT.
ZUM GLÜCK KONNTE ICH MEINE KINDER RETTEN. WIR ...
KINDER? SIND SIE HIER?
NEIN. DA WAR EIN SHUTTLE.
ICH BEZAHLTE EINEN ITHORIANER DAFÜR, SIE ZU SEINEM SCHIFF IM ORBIT ZU FLIEGEN UND VON DORT ZU MEINEM MANN, HINAUS IN DIE REPUBLIK.
ABER ES WAR NUR NOCH PLATZ FÜR EINE WEITERE PERSON. DER SENATOR WOLLTE NICHT GEHEN, UND ICH WOLLTE IHN NICHT ZURÜCKLASSEN. ALSO SCHICKTE ICH EINE JUNGE FRAU MIT MEINEN KINDERN LOS.
GERADE NOCH RECHT-ZEITIG.
DIE MANDALORIANER TRIEBEN UNS VOR SICH HER, BIS IN DIE UNTER-STADT UND ZU DEN RAKGHOULS. DIREKT IN DIE ...
WARUM HABEN SIE AUFGEHÖRT? ES FING GERADE AN, SICH GUT...

SIE WURDEN GEBISSEN.
NEIN. *NEIN!* DAS ... DAS IST NUR EIN KRATZER!
TUT MIR LEID, CONSTABLE.
WIR WISSEN NICHT, WIE DAS GIFT BESTIMMTE ARTEN IN RAKGHOULS VERWANDELT. WIR WISSEN NUR ...
... DASS ES KEIN HEILMITTEL GIBT.
WELCHE IRONIE. ICH HABE IMMER OPFER DARAN GEHINDERT, DIE UNTERSTADT ZU *VERLASSEN* ...
... UND NUN BIN ICH SELBER EINES.
WENIGSTENS ... WENIGSTENS SIND MEINE KINDER IN SICHERHEIT. ICH SPÜRE DIE VERÄNDERUNG BEREITS. BITTE, JEDI, *BEREITEN SIE MIR EIN ENDE.*
GEHT NICHT.
NOCH NICHT.
JETZT.
RRRAAARGH!

IHRE KINDER SIND JETZT IN SICHERHEIT, CONSTABLE.
UND MÖGE DIE MACHT MIT EUCH ALLEN SEIN.
BOOOM!
WA...?
GRYPH, MACH LANG-SAMER!
BAHN FREI!
WAS IST DAS?

RRRAAARRGH!
DIE TÜR! DIE TÜR!
DIE TÜR ÖFFNET SICH NICHT! DIE TÜR ÖFFNET SICH NICHT!
WEIL ES EINE WAND IST, GRYPH!

UM ... HALLO.
ICH FRAGE EUCH DAS NUR EINMAL! WURDET IHR GEBISSEN?
NEIN, WIR SIND NUR FREUNDE.
LASS LOSS, GRYPH! DEINE KRALLEN TUN MIR WEH!
SORRY. DIE MONSTER HABEN MEINE NAGELPFLEGERIN GEFRESSEN.
IHR BEIDE WART BEIM WIDERSTAND?
WIR SCHLICHEN GERADE AN DEN RAKGHOULS VORBEI, ALS WIR DIE EXPLOSION HÖRTEN. DARAUFHIN JAGTEN SIE UNS.
BIS WIR ES VERPATZT HABEN UND DIE MANDIES ANGRIFFEN.
DANN WAREN WIR IN EINEM DORF FÜR AUSGESTOSSENE, BIS SIE UNS NAHELEGTEN ZU GEHEN ...
HALT. SIE HABEN EUCH RAUSGEWORFEN? DIE AUSGESTOSSENEN?
JEMAND HAT DAS TOR OFFEN GELASSEN, SODASS RAKGHOULS EINDRINGEN KONNTEN.

ICH SAGTE DIR DOCH, DASS ICH NUR EINE MINUTE DRAUSSEN WAR! WENN DIE LEUTE ZU RAKGHOULS WERDEN, LASSEN SIE FALLEN, WAS SIE BEI SICH HABEN. AUCH REPUBLIKANISCHE CREDITS. ICH HAB BLOSS AUFGERÄUMT!
SIE HABEN IHRE MENSCHLICHKEIT VERLOREN, DU HANDLANGER. DASS SIE UM DIE FRÜCHTE IHRER ARBEIT KOMMEN, IST DIE GRÖSSTE TRAGIK IHRES LEBENS!
AUSSERDEM REGIERT IN EINEM KRIEGSGEBIET BARES. HAB ICH NICHT ...
WO IST SIE HIN?
WARTE! WOHIN WILLST DU?
ES KOMMEN NOCH MEHR RAKS ... UND ICH LEITE HIER KEINE RETTUNGSMISSION. MACHT'S GUT.
UNSERE FREUNDE WERDEN BALD ZURÜCK SEIN UND UNS ABHOLEN. ABER WIR MÜSSEN DIESE WELT IRGENDWIE VERLASSEN, UM UNS MIT IHNEN TREFFEN ZU KÖNNEN ...
GLAUBST DU, SIE WEISS, WIE WIR DIESER WELT ENTKOMMEN?
EGAL, WIR SOLLTEN IHR FOLGEN.
ZUMINDEST KÖNNEN WIR DIE LEICHEN STAPELN, DIE SIE ALS DECKUNG ZURÜCKLÄSST!

KURZ DARAUF ...
BOOM!
NOCH EINE! DIE MANDIES MÜSSEN DIESE BOMBEN EN GROS EINKAUFEN!
ICH DACHTE, ICH KENNE ALLE JEDI AUF TARIS, ABER DICH HABE ICH NOCH NIE GESEHEN.
DA KANN ICH MICH JA GLÜCKLICH SCHÄTZEN.
ICH MUSS EINEN JOB ERLEDIGEN, DER KONZENTRATION ERFORDERT.
WÜRDET IHR ALSO AUFHÖREN, MIR ZU FOLGEN?
DAS IST EIN FREIER PLANET ... UHM, WAR ER ZUMINDEST.
ZAYNE, LASS MÖRDERINA GEHEN. SIE MUSS SICH AUF DIE STRASSE KONZENTRIEREN.
ZAYNE?
ZAYNE CARRICK? DER MÖRDER DER PADAWANE AUF TARIS?
RICHTIG ... BIS AUF DEN LETZTEN TEIL.
ANGEKLAGT, ABER NICHT VERURTEILT. ICH BIN MARN HIEROGRYPH, DER MANAGER DES JUNGEN ...

UND DU BIST ...?
ALS JEDI VERPFLICHTET, EUCH DER GERECHTIGKEIT ZU ÜBERFÜHREN!
GUT! WIR SIND SCHON SEIT TAGEN HIER UNTEN. GEFÄNGNIS WÄRE KLASSE. KANNST DU UNS INS GEFÄNGNIS BRINGEN ... *UH*, WIE WAR DEIN NAME?
CELESTE. ***CELESTE MORNE***.
BEDAUERLICHERWEISE HABE ICH KEINE ZEIT FÜR EUCH. IHR WERDET EUCH SELBST VERTEIDIGEN MÜSSEN.
GROSSARTIG. ALS ER DAS ***LETZTE*** MAL SEIN LICHTSCHWERT GEZOGEN HAT, HÄTTE ER MIR FAST DEN KOPF ABGESCHLAGEN!
HÖRST DU JETZT BITTE DAMIT AUF? ES WAR DUNKEL! ICH WUSSTE NICHT, WO DU BIST!
KLAR, BENUTZEN WIR DIE ***TÖDLICHE WAFFE*** DOCH ALS LICHTQUELLE.
BEKOMMEN JEDI EINEN RABATT AUF PROTHESEN ODER SO? DAS NÄCHSTE MAL ***FOLGST DU MEINER STIMME***!
GANZ TOLLE IDEE! DIE RAKGHOULS MACHEN DAS SEIT TAGEN. UND VOR IHNEN DIE MANDALORIANER!
HEY, WENN WIR UNS DEN MANDIES ***ANGESCHLOSSEN*** HÄTTEN, WIE ICH VORGESCHLAGEN HATTE ...
WENN SIE ERFAHREN HÄTTEN, DASS ICH EIN JEDI BIN, HÄTTEN SIE MICH AUFGESCHLITZT!

RUHE!
WIE SOLLT IHR BEIDE JEMANDEN GETÖTET HABEN? ER HÄTTE EUCH SCHON AUF SUURJA KOMMEN HÖREN!
DAS VERSUCHEN WIR JA ALLEN KLARZUMACHEN. WIR SIND REINGELEGT WORDEN.
UND ... UM ... SUURJANER HABEN KEINE OHREN.
DARUM BENEIDE ICH SIE! ES ERSTAUNT MICH, DASS NICHT SCHON ALLE RAKGHOULS UND MANDALORIANER AUF TARIS DURCH EUER ...
BOOM!
DAS SIND KEINE MANDALORIANISCHEN BOMBEN! JEMAND ZÜNDET SPRENGSÄTZE!
SPRENGSÄTZE? VIELLEICHT DIE KEDORZHANISCHEN BERGLEUTE?
BLÖDSINN! DIE GEWERKSCHAFT HAT SIE NACH HAUSE GESCHICKT, ALS DIE SCHMIERGELDER AUSBLIEBEN!
TROTZDEM, JEMAND MACHT AUSGRABUNGEN ...

BOOM!
KEEEE-RAKKKK!
WA...? DER BODEN!
KRAK!
NEIN!

SPÄTER, SEHR VIEL TIEFER ...
OOOOOH ... DAS BEWEIST ... DIE SCHWERKRAFT FUNKTIONIERT AUF TARIS NOCH ...
ICH HÄTTE... ULP!
STILL!
MANDIES, MEIN JUNGE.
DEIN KLEINER FREUND HAT BEIM AUFWACHEN NUR EIN PAAR WÄCHTER ANGELOCKT.
ICH BEZWEIFLE, DASS ICH MIT DER MEUTE FERTIG WERDEN KÖNNTE, DIE HEREINSTÜRMT, WENN IHR BEIDE RICHTIG LOSLEGT.
DAS KAPIER ICH NICHT. SIE HABEN DEN WIDERSTAND DOCH NIEDERGESCHLAGEN UND SOLLTEN SCHON AUF DEM NÄCHSTEN PLANETEN SEIN!
AN DEM HIER SCHEINEN SIE ECHT ZU HÄNGEN. SEHT!
DER MUUR-TALISMAN! NEIN!

OBER-FLÄCHEN-TEAM, HIER SPRICHT PULSIPHER. DAS ZIELOBJEKT IST ENDLICH IN UNSEREM BESITZ!
BRINGT MEIN SHUTTLE IN DIE UNTERE STADT. WIR KOMMEN DEN SCHACHT HOCH UND RÜCKEN AB!
HEY, DEN KERL KENN ICH. PULSIPHER. ER WAR DOCH DEMAGOLS GEHILFE! CELESTE, WAS IST DAS FÜR EIN TEIL, DAS ER DA HAT?

HALTET EUCH RAUS! ICH MUSS EINE MISSION BEENDEN!
UND ICH BEZWEIFLE, DASS SIE ZURÜCKKOMMEN. WENN IHR ALSO NICHT FÜR IMMER HIER UNTEN LEBEN WOLLT, SOLLTET IHR MIR FOLGEN!
NEIN. DU WILLST DOCH NICHT ETWA ...
ZAYNE, VORHIN WOLLTE SIE NICHT, DASS WIR IHR FOLGEN. DAS IST EINE GANZ MIESE IDEE!
DU HAST GEHÖRT, WAS SIE GESAGT HAT. WILLST DU FÜR IMMER HIER LEBEN?
FÜR IMMER NICHT, ABER VIELLEICHT NOCH EINEN MONAT!
„NUR DIESEN EINEN MONAT! ICH BITTE DICH, ZAYNE!!!"

JEBBLE. EINE EISWELT, KONTROLLIERT VON DEN MANDALORIANISCHEN STREITKRÄFTEN.
DA KOMMT EIN SCHIFF. HABEN WIR DARAUF GEWARTET?
NEIN. DAS IST DER VERRÜCKTE ASSISTENT DES VERRÜCKTEN DOKTORS, DER IN DIESES IRRENHAUS ZURÜCKKEHRT. ICH KÜMMERE MICH DARUM.
ICH VERSTEHE NICHT. ICH SAGTE, HIER SPRICHT DIE MAR'EYCE MIT DEM INSPEKTIONSTEAM VON TARIS!
WIR HABEN ETWAS ZUM ANALYSIEREN! WIR MÜSSEN BEI DER ZITADELLE LANDEN!
ALSO, WAS DAS ANGEHT, PULSIPHER, WIR SOLLEN DIE PLATTFORMEN FÜR DIE ANKUNFT VON CASSUS FETTS TRUPPENTRANSPORTER FREIHALTEN.
WENN DIE WAHREN KÄMPFER FERTIG SIND, KÖNNEN SIE IHREN PARKPLATZ WIEDERHABEN. SUCHEN SIE SOLANGE EINE BLEIBE AUSSERHALB!
... DIE WAHREN KÄMPFER?!

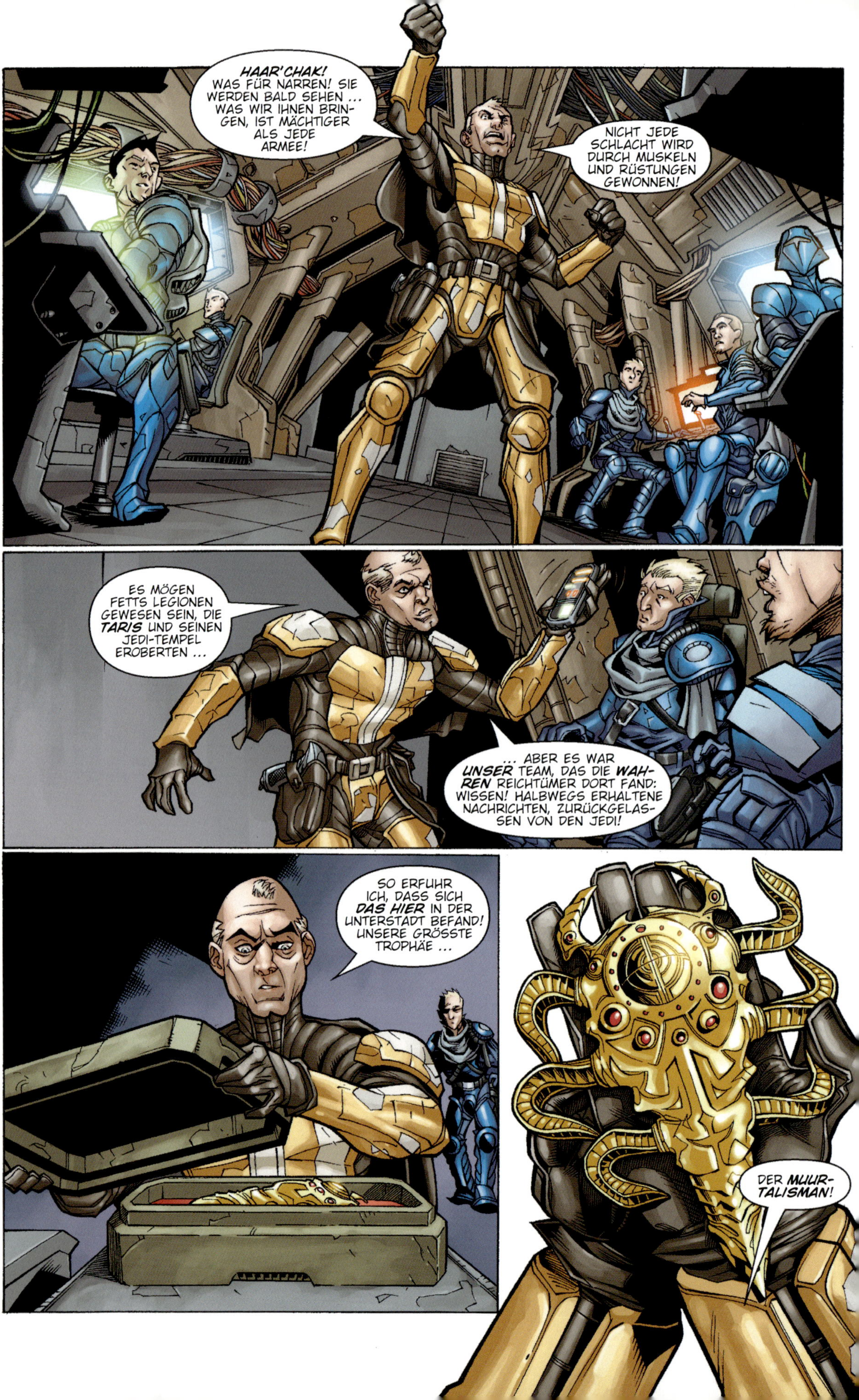
HAAR'CHAK! WAS FÜR NARREN! SIE WERDEN BALD SEHEN ... WAS WIR IHNEN BRINGEN, IST MÄCHTIGER ALS JEDE ARMEE!
NICHT JEDE SCHLACHT WIRD DURCH MUSKELN UND RÜSTUNGEN GEWONNEN!
ES MÖGEN FETTS LEGIONEN GEWESEN SEIN, DIE TARIS UND SEINEN JEDI-TEMPEL EROBERTEN ...
... ABER ES WAR UNSER TEAM, DAS DIE WAHREN REICHTÜMER DORT FAND: WISSEN! HALBWEGS ERHALTENE NACHRICHTEN, ZURÜCKGELASSEN VON DEN JEDI!
SO ERFUHR ICH, DASS SICH DAS HIER IN DER UNTERSTADT BEFAND! UNSERE GRÖSSTE TROPHÄE ...
DER MUUR-TALISMAN!

IST ER IRRE? DAS IST DOCH BILLIGER TAND.
ER VERSUCHT SCHON SEIT FLASHPOINT ETWAS ZU FINDEN, WAS IHN ZUM NEUEN DEMAGOL MACHT. ALS OB WIR EINEN BRÄUCHTEN.
DEIN VORIGER BESITZER KAM BEI EINEM HÖHLENEINSTURZ UMS LEBEN, MEIN FREUND. UND WEGEN DER MUTANTEN DA OBEN HAT DICH LANGE ZEIT NIEMAND ENTDECKT.
ABER JETZT GEHÖRST DU DEN MANDALORIANERN!
DIE JEDI WISSEN, WIE MAN DEINE MACHT ENTFESSELT ... ICH WEISS ES. ABER DIE DATEIEN SIND SCHADHAFT. WIR WERDEN SIE IN DER EISZITADELLE ANALYSIEREN MÜSSEN.
VIELLEICHT FINDET SICH DER SCHLÜSSEL ZWISCHEN ALL DEN DATEIEN MIT DEN WIRTSCHAFTSDATEN DES JEDI-MEISTERS ...
WIRT-SCHAFTS-DATEN?
HAT JEMAND WAS GESAGT?

NIEMAND HAT ETWAS GESAGT, PULSIPHER. WARUM LANDEN WIR NICHT EINFACH ...
MMMPH! MMMPPH!
HALT IHM DEN MUND ZU, ZAYNE, SONST STOPFE ICH IHM MIT MEINEM STIEFEL DAS MAUL UND SCHLAG IHN MIT DEM ANDEREN TOT!
ICH WOLLTE NICHT, DASS IHR MIR FOLGT, UND ICH SCHLEICHE MICH NICHT ALS BLINDER PASSAGIER AN BORD EINES MANDALORIANISCHEN SCHIFFES, DAMIT DURCH EINEN KLEPTOMANEN MEINE TARNUNG AUFFLIEGT!
DIE WIRTSCHAFTSDATEN DES TARIS-JEDI!
MEINT ER LUCIEN DRAAYS WIRTSCHAFTSDATEN? DIE WIRTSCHAFTSDATEN VON LUCIEN „ICH VERDIEN ZU VIEL GELD MIT MEINEM KONZERN" DRAAY?
MANDALORIANER SIND NICHT WIE ANDERE, ZAYNE. SIE BRAUCHEN KEIN GELD. ICH SCHON, ZAYNE. ICH HAB GERADE EINE WOCHE IN DER GOSSE VERBRACHT!
TUT MIR LEID, CELESTE. ER HAT VIEL DURCHGEMACHT ... UND, NUN JA, ER IST GRYPH.
DU BIST AUCH NICHT BESSER. ICH KANN NICHT GLAUBEN, DASS DU EINMAL LUCIEN DRAAYS PADAWAN WARST! WIESO HAT ER DICH NICHT GETÖTET?
VERSUCHT HAT ER'S ...
... REHABILITATION FÜR DIEJENIGEN UNTER UNS, DIE SO LANGE IM SCHATTEN DES DEMAGOL UND SEINER SINNLOSEN EXPERIMENTE AN JEDI GESCHUFTET HABEN!
STILL. PULSIPHER KOMMT ZURÜCK ...

EINE SACKGASSE NACH DER ANDEREN! ABER ICH GLAUBE, DIE SOGENANNTE „MACHT", DIE KRAFT DER JEDI UND DER SITH ...
... ENTSPRINGT NICHT DEN LEUTEN, SONDERN IHREM BESITZ! ARTEFAKTE EINER MACHT JENSEITS JEDER WISSENSCHAFT. DAS IST UNSER FEIND!
WENN WIR SIE EBENFALLS BESITZEN, IST DIE REPUBLIK NICHT MEHR IM VORTEIL!
DU WEISST NICHT, WORAUF DU DICH EINLÄSST.
ICH ... ICH WEISS NICHT, WORAUF ICH MICH EINLASSE.
DU WILLST ES AUS DER LUFTSCHLEUSE WERFEN.
ICH WILL ... ICH WILL ...
NEIN. ICH WILL DIES.
KOMM ZU MIR.
WAS? ES ... ES BEWEGT SICH!

YAAAAHHHH!
PULSIPHER?
GAH! ICH VERSUCH'S! ABER ES GEHT NICHT!
NEHMT ES WEG VON MIR!
ICH SAGTE, WEG VON MIR!
AAYEEE!!!
ER IST TOT! WAS HABEN SIE GETAN?
ICH ... ICH WEISS NICHT. ICH HANDELTE, OHNE ...
SIE HELFEN PULSIE VON DER BRÜCKE. WAS ... WAS HAT ER GERADE GETAN?
CELESTE? WO WILLST DU HIN?
ABHAUEN, SOLANGE SIE ABGELENKT SIND. ICH MUSS EINEN JOB ERLEDIGEN ...

„... DER GERADE VIEL HÄRTER GEWORDEN IST!"
WIR SIND AUF JEBBLE, PULSIPHER. VIELLEICHT FINDEN WIR IN IHREM LABOR ETWAS, WOMIT WIR IHNEN HELFEN KÖNNEN!
ACH JA. JEBBLE ... DIE ZWISCHENSTATION ...
JA, DAS WIRD GEHEN.
ICH HAB'S SATT, DIESER VERRÜCKTEN FRAU ZU FOLGEN, ZAYNE! WIR WISSEN NICHT, WAS SIE VORHAT!
ICH FRAG MICH, WIE DU IN DER UNTERSTADT SO VIEL GEWICHT ZULEGEN KONNTEST!
UND ICH WUSSTE AUCH NICHT, DASS ES AUF JEBBLE SO KALT IST! FRIERST DU NICHT?
FÜR EINEN SNIVVIANER IST ES HIER KUSCHELIG WARM. BEWEG DICH, BEVOR JEMAND ...
HEY!

HIER GIBT'S NICHT ZU KLAUEN, ELENDES GEWÜRM! LOS, GEHT ZUM REST EURER GRUPPE!
UNSERER GRUPPE?
DA DRÜBEN!
SIEH AN, WENN DAS NICHT DER KLEINE MIST-KERL VON TARIS IST!
DU HAST RECHT, WARGO. UND AUCH DER NOCH KLEINERE MISTKERL!

HÄTTEST NICHT GEDACHT, DASS DU FRAZZNIK UND MICH NOCH MAL WIEDERSIEHST, NACHDEM IHR DIE SAUSE GEMACHT HABT, EH?
NATÜRLICH NICHT, MEINE HERREN! WIR SIND SO FROH, DASS SIE GESUND UND MUNTER VON TARIS ENTKOMMEN SIND!
GESUND UND MUNTER? DIESE WOOKIEES HABEN MIR VIER ZÄHNE AUSGESCHLAGEN, KUMPEL!
UND ICH SCHLAGE DIR DEN REST AUS, WENN DU DICH NICHT WIEDER EINREIHST!
SCHNAPP DIR RÜSTUNG, JETPACK UND WAFFE UND MELDE DICH BEI DEINEN AUFMARSCHMEISTERN! WILLST DU DEN KRIEG VERPASSEN?
UNIFORMEN? RÄNGE? WAS FÜR EINE ART PLÜNDERNDER HORDE IST DAS?
KRAK!
ES IST EINE PLÜNDERNDE HORDE, DEREN ZAHL SICH GERADE VERFÜNFFACHT HAT ... UND ES WIEDER TUN WIRD.
NUN NIMM DEINE ZÄHNE UND REIH DICH EIN!
ZAYNE, ICH ERKENNE ALLE WIEDER! ES IST, ALS HÄTTEN SIE JEDEN GEFANGENEN IM OUTER RIM FREIGELASSEN!
HABEN SIE WOHL AUCH.
HÖRT MICH AN!

IHR WART EINMAL DAR'MANDA, UNWISSENDE AUSSEN-SEITER, DEREN LEBEN VORBEI WAR!
IHR WERDET EUREN NACHWUCHS ALS MANDALORIANER AUFZIE-HEN ... UND VERTEIDIGEN. IHR WERDET UNSERE RÜSTUNG TRAGEN UND UNSERE SPRACHE SPRECHEN.
UND IHR WERDET DEM KLAN DIENEN UND EUCH ZUM AUFMARSCH RÜSTEN, WENN DER RUF ERTÖNT. DAS SIND DIE RESOL'NARE, DIE SECHS TATEN, DIE UNSERER BEWEGUNG HEILIG SIND.
HALTET EUCH DARAN, DANN DÜRFT IHR AM LEBEN BLEIBEN UND EUCH MANDALORIANER NENNEN.
RÜSTUNGEN, DIE EURER SPEZIES ENTSPRECHEN, WURDEN DORT IN DER WAFFEN-SCHMIEDE UNSERER EISZITADELLE ANGE-FERTIGT.
EURE SIND BLAU. IHR WERDET EUCH NEBEN DEN SCHARLACHROTEN KÄMPFERN AUFSTELLEN, EUREN AUFMARSCH-MEISTERN. HALTET AUF DEM FELD NACH IHNEN AUSSCHAU UND HÖRT AUF SIE.
SIE WERDEN EUCH UNSERE BRÄUCHE LEHREN UND EUCH AM LEBEN ERHALTEN, WENN WIR ALDERAAN ERREICHEN!

ALDERAAN? WIR SOLLEN ALDERAAN EROBERN?
SOBALD CASSUS FETT DIE TRUPPENTRANSPORTER VON TARIS ZU UNS GEBRACHT HAT. SO TIEF IN IHREM HOHEITSGEBIET WIRD DIE REPUBLIK KEINEN ÜBERFALL ERWARTEN.
DU ABSCHAUM LIEBST STEHLEN? NUN HAST DU DAS RECHT DAZU.
ALDERAAN! DAS LIEGT IN DEN ZENTRUMSWELTEN! GRYPH, WIR MÜSSEN ...
GRYPH? GRYPH?
GRYPH, JETZT IST NICHT DER ZEITPUNKT, UM HERUMZU...
CELESTE!

CELESTE? CELESTE?
YIIIII!
WIESO KAPIERST DU NICHTS?
DU MUSST NUR IHRE RÜSTUNG ANLEGEN UND DICH HIER RAUSFLIEGEN LASSEN! ICH BIN SICHER, DASS SIE OHNEHIN ZUR REPUBLIK WOLLEN!
ABER DAS IST ES JA GERADE. SIE WOLLEN ALDERAAN ÜBERFALLEN!
ALDERAAN? ES IST SCHUTZLOS.
STIMMT! WIR MÜSSEN DIE REPUBLIK WARNEN!
AUSSERDEM KÖNNEN WIR DICH NICHT ZURÜCK-LASSEN.
ICH GEHÖRE HIERHER, ZAYNE. WIE KANN ICH DIR DAS NUR BEGREIFLICH MACHEN?
WIE NUR, OHNE DASS ...
FLOSSEN HOCH, JEDI!

RUHIG, JUNGE, ICH BIN'S, GRYPH. NETTE RÜSTUNG, *EH?*
ICH WILL DIESE WIRTSCHAFTSDATEN, VON DENEN PULSIE GEFASELT HAT. IHR ZWEI KÖNNT MEINE GEFANGENEN SEIN.
KLAR. ***DAS*** KAUFEN SIE DIR AB.
LOGISCH. STECKT DIE SCHWERTER EIN, TUT, ALS WÜRDET IHR FRIEREN, UND PASST AUF.
HEH, IHR DA!
PULSIPHER SUCHT DOCH NACH HACKERN, DIE DEN CODE DER DATEIEN KNACKEN, DIE ER GEFUNDEN HAT.
ICH HABE HIER ***JOAM*** UND ***HETTIE HIEROGARL***, DIE TECHNO-TERROR-ZWILLINGE VON TARIS.
DIE MACHEN NICHT VIEL HER.
STIMMT. ABER SOLCHE TYPEN GELTEN IN DER REPUBLIK ALS BEDROHUNG. SAGT MAL, WOLLT IHR MICH NOCH LANGE HIER WARTEN LASSEN? ERFROREN SIND DIE NICHTS MEHR WERT.
BIST DU SICHER, DASS SIE ...
... ***WAS SOLL'S.*** SEIN LABOR IST OBEN IN DER ZITADELLE, GLEICH NEBEN DEM DATENZENTRUM.
ICH LIEBE MÖRDERISCHE ELITESOLDATEN, DIE SICH DURCH EINE RÜSTUNG TÄUSCHEN LASSEN.
LEBST DU SCHON LANGE SO?
„LEBEN" IST VIELLEICHT NICHT DER RICHTIGE AUSDRUCK ...

DIE KRIEGSSCHMIEDE! DIE MANDIES HALTEN MIT SOLCHEN ORTEN, IHRE INVASION AM LAUFEN! DAS WÜRDE DIE REPUBLIK BESTIMMT INTERESSIEREN.
ALLERDINGS. SOBALD GRYPH SEIN DATENZENTRUM GEFUNDEN HAT, KANNST DU EINEN SENDER SUCHEN UND IHNEN DAVON BERICHTEN ... UND VON ALDERAAN.
WARUM NICHT *DU*? ICH BIN EIN GESUCHTER VERBRECHER. AUF MICH HÖREN SIE WOHL NICHT.
ICH MUSS EINEN JOB ERLEDIGEN. UND AUF MICH WÜRDEN SIE AUCH NICHT HÖREN.
WARUM NICHT? DU BIST EINE JEDI. UND WAS IST DAS FÜR EIN JOB ...
VORSICHT, GRYPH! DENK DRAN, WIE WENIG DU ÜBER WAFFEN WEISST!
SCHON GUT, HANDLANGER. SIE IST AUF BETÄUBUNG GESTELLT UND GESICHERT. ICH WEISS, WAS ICH ...

KRA-CHOW!
KRA-CHOW!
KRA-CHOW!
RRRUUMMMMBBLLLLE!
AYEEE!!
NICHT SCHON WIEDER!
GRYPH! GRYPH! WO IST ER HIN, CELESTE?
ICH SEHE NICHTS. HILF MIR, MEIN LICHTSCHWERT ZU FINDEN!
DA UNTEN SIND TUNNEL, UND ER IST BEWAFFNET. IHM WIRD SCHON NICHTS PASSIERT SEIN! DENKEN WIR AN UNS!
HAST DU ETWAS VERLOREN, JEDI?
KLINGT WIE EIN WEISER RATSCHLAG.

DIESE KERBEN AUF DEINER RÜSTUNG ... DU WARST AN BORD DER *MAR'EYCE*.
MANDO'A FÜR *„ENTDECKUNG"* UND ***IHR SEID*** EINE ECHTE ENTDECKUNG FÜR ***UNS***. BESTIMMT WIRD PULSIPHER DAS GENAUSO SEHEN, SOBALD ER SICH ERHOLT HAT.
PULSIPHER WIRD SICH ***NICHT*** ERHOLEN, KRIEGER. ES SEI DENN, DU BRINGST MICH ZU IHM.
DAS HAT KEINE EILE. ICH HABE IHN OHNEHIN NIE GEMOCHT. ER HAT MEINEN KAMERADEN GETÖTET UND MIR HAT ER AUCH ETWAS ANGETAN.
TUT IMMER NOCH WEH. *HUUUUH ...*
W... WAS IST DAS?
ES TUT SO WEH! ICH SPÜRE ...
AAAAAHHH!

RARRGGGH!
WAS GESCHIEHT MIT IHM? WAS ...
EIN RAKGHOUL! SCHIESST! SCHIESST!
ARRGH!
DIE RÜSTUNG ... SIE BRENNT!
WAS IST MIT IHNEN LOS?
WAS GLAUBST DU WOHL! SIE HABEN DIE RAKGHOUL-SEUCHE!

DAS WIRST DU BRAUCHEN. UND JETZT, ZURÜCK!
VERDAMMTE NEO-KREUZRITTER-RÜSTUNG! VERGISS GESCHICK ... DAS HIER WIRD EIN GEMETZEL!

UM ... CELESTE? ICH BRÄUCHTE HILFE!
HEY, WAS SOLL DER ...
GRAAAARRRGHHH!!
OH, NEIN!
AAAGGGHH!
CELESTE! ES WERDEN NOCH MEHR KOMMEN!
KLASSE! HABEN WIR SONST NOCH PROBLEME?

PASS AUF!
RAAAKRRGH!
BRAKKA BRAKKA BRAKKA!
ABER RAKGHOULS KÖNNEN KEINE WAFFEN BENUTZEN!
SAG IHM DAS!
GEBISSENE OPFER VERWANDELN SICH AUCH NICHT SO SCHNELL!
DANN HAT IHNEN WOHL NIEMAND DIE REGELN ERKLÄRT! LAUF!

SUCH EINEN WEG NACH DRAUSSEN.
OJE.
AH-OH.
WIE KONNTE SICH DIE RAKGHOUL-SEUCHE HIER AUSBREITEN? WURDE EIN MANDALORIANER GEBISSEN UND HAT SIE EINGE-SCHLEPPT?
UNTERSCHIEDLICHE ARTEN HABEN UNTER-SCHIEDLICHE INKUBATI-ONSZEITEN, ABER ...
... NEIN. DAS IST ES NICHT. ES IST SCHLIMMER. SIE SIND ORGANISIERT ... KLÜGER!
AUS-GANG!

VIELLEICHT KÖNNEN WIR HIER OBEN EINEN SPEEDER FINDEN UND ...
... BEI DEN STERNEN ...
DAS IST KEINE LOKALE KRIEGSSCHMIEDE ODER EIN ÜBUNGSZENTRUM. HIER WIRD EIN KRIEG VORBEREITET.
DAS MÜSSEN SÄMTLICHE REKRUTEN DES OUTER RIM SEIN!
ES GEHT NICHT BLOSS UM EINEN ÜBERFALL AUF ALDERAAN. SIE PLANEN EINE INVASION.
SCHLIMMER ... SIE WOLLEN ALLE INFIZIEREN.
WENN WIR DAS NICHT VERHINDERN, WIRD DIE RAKGHOUL-SEUCHE SICH ÜBERALL AUS-BREITEN!
„IN DER GANZEN GALAXIS!"

WARTET! WAS MACHT IHR DA?
DAS SIND UNSERE EIGENEN SOLDATEN!
KLAR SIND SIE DAS, KÜBELKOPF! SIEH DIR AN, WAS AUS IHNEN GEWORDEN IST!
FRRZAAP!
KR-CHOW!
KR-CHOW!
„MANDALORIANER MIT DER RAKGHOUL-SEUCHE! MANDO-RAKS!"

LASST EUCH NICHT BEISSEN!
RAAARRRGHH!
GAAHH! DIE ZÄHNE GEHEN DURCH MEINE RÜSTUNG!
TÖTET DAS DING!
SORRY, KUMPEL ...
... ERST DICH!
YAAARRGH!
DA KOMMEN NOCH WELCHE!
JEDER KÖNNTE INFIZIERT SEIN. SCHIESST AUF ALLES, WAS SICH BEWEGT!
RMMMMMBBL

ACHTUNG, DA UNTEN!
WHOOOAAA!!!
KRAKK!!
WHUMMPH!

KÜNFTIG NEHM ICH DEN NOTAUSGANG.
MEIN MEISTER LUCIEN HAT IMMER GESAGT: „WENN EINE FLUCHT SCHIEFGEHT ... HAT ZAYNE CARRICK SIE GEPLANT."
HOFFENTLICH GEHT ES GRYPH GUT.
ZAYNE, DU VERMASSELST WIRKLICH ALLES! DU KANNST FROH SEIN, WENN DU EINE TÜR ÖFFNEST, OHNE DICH BEWUSSTLOS ZU SCHLAGEN.
WARUM SOLLST DU DEINE MITSCHÜLER AUF TARIS GETÖTET HABEN?
MEINE LEHRER BEHAUPTEN DAS. SIE SIND IN EINE GEHEIME JEDI-INTRIGE VERSTRICKT UND WARTEN AUF DIE RÜCKKEHR DER SITH.
ALS SIE VORAUSSAHEN, DASS EINER VON UNS DEN ORDEN ZERSTÖREN WÜRDE, UNTERNAHMEN SIE ETWAS DAGEGEN.
DAS IST MEIN LEBEN.
ICH HAB NIE GRUND ZU DER ANNAHME GEGEBEN, ICH SEI ZU ETWAS BÖSEM FÄHIG ... ABER SEITDEM JAGEN SIE MICH.
MOMENT. HEISST DAS, DEINE MEISTER HABEN IHRE SCHÜLER GETÖTET? UND ES DIR ANGEHÄNGT?
DAS IST LÄCHERLICH! DAS ...

ABER ICH SITZE NICHT STILL.
DER KRIEG IST MIR IN DIE QUERE GEKOMMEN, ABER ICH WERDE MEINEN NAMEN REINWASCHEN. ICH FINDE STÄNDIG MEHR HERAUS.
ICH WEISS INZWISCHEN, DASS LUCIEN JEMANDEM BERICHTET ...
... **KRYNDA**. IRGENDEIN SCHIMMER, WER DAS IST?
UMM ... **NEIN**.
ZAYNE, WENN ES **WIRKLICH** EINEN GEHEIMBUND DER JEDI GIBT, GLAUBEN SIE VIELLEICHT, DASS SIE FÜR ALLE DAS RICHTIGE TUN.
VIELLEICHT SOLLTEN SIE SICH UM IHR EIGENES LEBEN KÜMMERN. MEINES BEREITET MIR AUCH SO GENUG PROBLEME.
EGAL ... DA IST DIE NACHRICHTENKUPPEL. WIR SOLLTEN DIE REPUBLIK VOR DEN MANDALORIANERN UND DER RAKGHOUL-SEUCHE WARNEN!
SAG MAL, CELESTE ...
... WOHER WEISST DU VON EINEM **GEHEIMBUND** DER JEDI?

DATENZENTRUM! WO STECKT IHR ALLE? WAS IST PASSIERT?
SNIFF-SNIFF
RRRMPH!?
PERSÖNLICHE NACHRICHTEN, PERSÖNLICHE NACHRICHTEN ...
ICH HAB NOCH NIE EINEN ERWACHSENEN ERLEBT, DER SO OFT SEINE MUTTER ANRUFT. KOMM SCHON, LUCIEN DRAAY, WO SIND DIE WIRTSCHAFTS...
AHA. „EINSCHÄTZUNG EINER SELTENEN ANTIQUITÄT." VIELLEICHT HIER ...

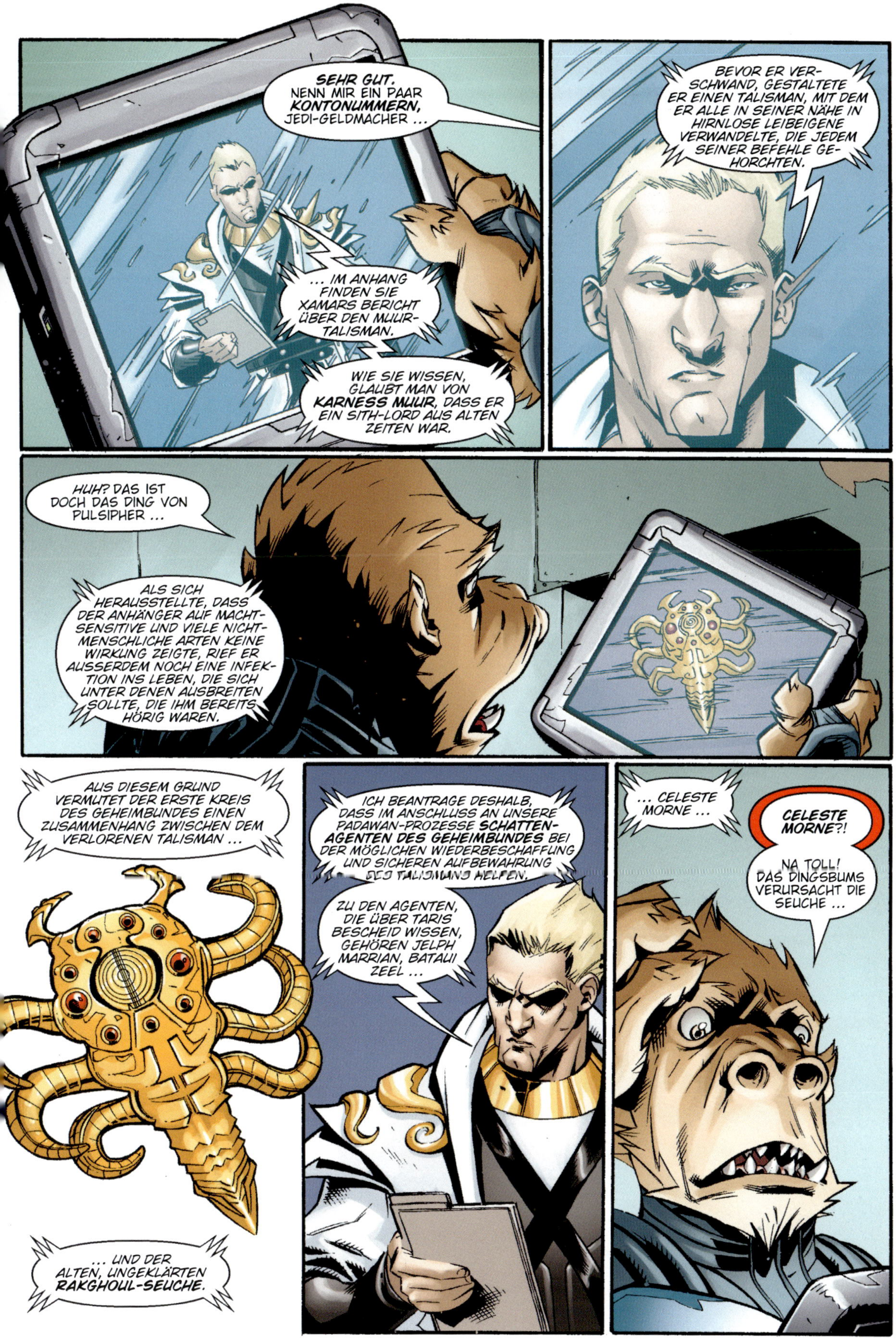

SEHR GUT. NENN MIR EIN PAAR KONTONUMMERN, JEDI-GELDMACHER ...
... IM ANHANG FINDEN SIE XAMARS BERICHT ÜBER DEN MUUR-TALISMAN.
WIE SIE WISSEN, GLAUBT MAN VON KARNESS MUUR, DASS ER EIN SITH-LORD AUS ALTEN ZEITEN WAR.
BEVOR ER VERSCHWAND, GESTALTETE ER EINEN TALISMAN, MIT DEM ER ALLE IN SEINER NÄHE IN HIRNLOSE LEIBEIGENE VERWANDELTE, DIE JEDEM SEINER BEFEHLE GEHORCHTEN.
HUH? DAS IST DOCH DAS DING VON PULSIPHER ...
ALS SICH HERAUSSTELLTE, DASS DER ANHÄNGER AUF MACHTSENSITIVE UND VIELE NICHTMENSCHLICHE ARTEN KEINE WIRKUNG ZEIGTE, RIEF ER AUSSERDEM NOCH EINE INFEKTION INS LEBEN, DIE SICH UNTER DENEN AUSBREITEN SOLLTE, DIE IHM BEREITS HÖRIG WAREN.
AUS DIESEM GRUND VERMUTET DER ERSTE KREIS DES GEHEIMBUNDES EINEN ZUSAMMENHANG ZWISCHEN DEM VERLORENEN TALISMAN ...
... UND DER ALTEN, UNGEKLÄRTEN RAKGHOUL-SEUCHE.
ICH BEANTRAGE DESHALB, DASS IM ANSCHLUSS AN UNSERE PADAWAN-PROZESSE SCHATTEN-AGENTEN DES GEHEIMBUNDES BEI DER MÖGLICHEN WIEDERBESCHAFFUNG UND SICHEREN AUFBEWAHRUNG DES TALISMANS HELFEN.
ZU DEN AGENTEN, DIE ÜBER TARIS BESCHEID WISSEN, GEHÖREN JELPH MARRIAN, BATAUI ZEEL ...
... CELESTE MORNE ...
CELESTE MORNE?!
NA TOLL! DAS DINGSBUMS VERURSACHT DIE SEUCHE ...

„...UND CELESTE ARBEITET FÜR LUCIEN!"
WIR HABEN LANGE AUF IHREN BERICHT GEWARTET, AGENTIN ...
... UND ER ENTHÄLT ALLES, WAS WIR BEFÜRCHTET HATTEN, UND NOCH MEHR. DER TALISMAN BEFINDET SICH IN MANDALORIANISCHEN HÄNDEN ... UND ZAYNE CARRICK IST DORT!
ZUSAMMEN MIT RAKGHOULS ... UND EINER INVASIONSARMEE, DIE FÜR ALDERAAN BESTIMMT IST! WAS SOLL ICH TUN, MEISTER LUCIEN?
VORERST BEKOMMST DU NEUE ANWEISUNGEN. BESORGE DEN TALISMAN UND BRINGE IHN IN EINE DER SICHERHEITSANLAGEN DES GEHEIMBUNDES ZUM SCHUTZ DER GALAXIS.
UND TÖTE ZAYNE CARRICK.
UNVER-ZÜGLICH.
NATÜRLICH, ICH ...
... ICH WEISS NICHT, OB DAS RICHTIG WÄRE.

WIR WISSEN, WAS RICHTIG IST UND WAS NICHT. SCHON VERGESSEN? DESHALB BIST DU UNS BEIGETRETEN.
DENKE AN DEINE FAMILIE, DIE IM SITH-KRIEG AUF OSSUS ALLES VERLOREN HAT. DIE JAHRELANG OBDACHLOS UMHERSTREIFTE, BIS SIE ZERFIEL.
WIR WURDEN ZU DEINER FAMILIE ... UND UNSERE WACHT GEGEN DIE SITH WURDE ZU DEINER. DEINE GANZE AUSBILDUNG HAT AUF DIESEN MOMENT HINGEFÜHRT.
LASS DICH NICHT ZUM NARREN HALTEN. ZAYNE IST EIN SCHWINDLER UND MÖRDER, UND ER WIRD MEHR SCHADEN ANRICHTEN, ALS DU DIR VORSTELLEN KANNST.
MÖGE DIE MACHT MIT DIR SEIN.
CORUSCANT ENDE.
HEY, WAR DAS CORUSCANT?

JA, ICH ... ICH HAB DIE INVASIONSFLOTTE UND DIE RAKGHOULS GEMELDET.
GUT. HALT WACHE, WÄHREND ICH UNSERE KOORDINATEN ZU MEINEN FREUNDEN SCHICKE, DIE MICH VON TARIS ABHOLEN SOLLTEN.
TEK TEK TEK
KANNST DU MIR NOCH EINEN MOMENT LÄNGER DEN RÜCKEN FREIHALTEN, CELESTE? ICH MÖCHTE NOCH ETWAS ERLEDIGEN.
HALLO? HALLO? ICH RUFE DIE TRANSPORTER, DIE NACH JEBBLE UNTERWEGS SIND! ICH MUSS MIT CASSUS FETT REDEN!
RUNTER VON DIESER FREQUENZ, DAR'MANDA! WARUM SOLLTE ICH ...
SAG IHM, ES IST ZAYNE CARRICK!

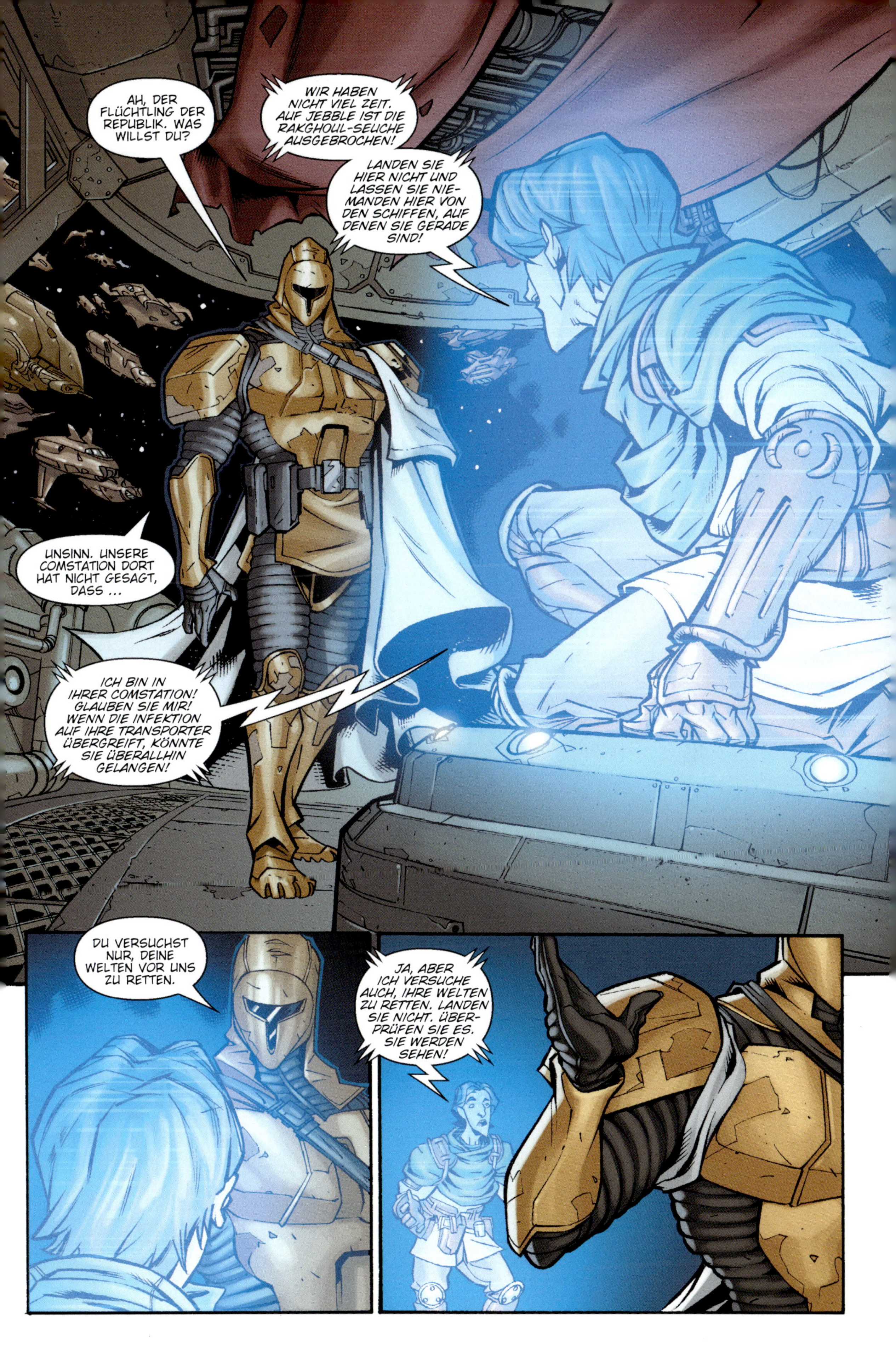
AH, DER FLÜCHTLING DER REPUBLIK. WAS WILLST DU?
WIR HABEN NICHT VIEL ZEIT. AUF JEBBLE IST DIE RAKGHOUL-SEUCHE AUSGEBROCHEN!
LANDEN SIE HIER NICHT UND LASSEN SIE NIEMANDEN HIER VON DEN SCHIFFEN, AUF DENEN SIE GERADE SIND!
UNSINN. UNSERE COMSTATION DORT HAT NICHT GESAGT, DASS ...
ICH BIN IN IHRER COMSTATION! GLAUBEN SIE MIR! WENN DIE INFEKTION AUF IHRE TRANSPORTER ÜBERGREIFT, KÖNNTE SIE ÜBERALLHIN GELANGEN!
DU VERSUCHST NUR, DEINE WELTEN VOR UNS ZU RETTEN.
JA, ABER ICH VERSUCHE AUCH, IHRE WELTEN ZU RETTEN. LANDEN SIE NICHT. ÜBERPRÜFEN SIE ES. SIE WERDEN SEHEN!

WARUM SOLLTEST DU UNS WARNEN? WIR SIND MANDALORIANER!
IHR SEID MENSCHEN.
ABWARTEN. FETT ENDE.
JETZT SUCHEN WIR GRYPH.
DU WILLST IN DIE ZITADELLE ZURÜCK? ZU ALL DEN RAKGHOULS?
JA, KLINGT NICHT SEHR KLUG, WAS? ABER GENAU DAS WERDEN WIR TUN.
„MÖGE DIE MACHT MIT DIR SEIN."
JA ...
... ICH DACHTE, SIE WÄR'S.

BALD ...
REYYARRRGH!
NEIN!
UFF!
KRAK!

IN PULSIPHERS LABOR ...
WAS ... WAS WOLLEN SIE VON MIR?
NUN, ICH WILL DIR DANKEN, ZAYNE CARRICK.
JA, ICH WEISS, WER DU BIST. ICH HABE DEINEN FUNKSPRUCH GEHÖRT. ICH SCHULDE DIR NOCH DANK DAFÜR, DASS DU MIR BEI UNSERER LETZTEN BEGEGNUNG DEMAGOL AUS DEM WEG GERÄUMT HAST.
AUCH WENN MANDALORE MIR NIE DEN GLEICHEN RESPEKT ENTGEGENBRACHTE. ES IST, ALS GLAUBTE ER, DEMAGOL WÜRDE VON DEN TOTEN AUFERSTEHEN!

UND JETZT LÄSST ER ALLES MÖGLICHE AUF DEN RIESENTROTTEL CASSUS FETT REGNEN.
HAST DU WIRKLICH GEGLAUBT, FETT WÜRDE DIR BEACHTUNG SCHENKEN? ER WEISS, DASS DU ZU DENEN GEHÖRT HAST, DIE IHN AUF TARIS TÖTEN WOLLTEN!
EIN JAMMER, DASS SIE GESCHEITERT SIND. ABER ICH WERDE FETT BALD IN SEINE SCHRANKEN WEISEN.
PULSIPHER, SIE DÜRFEN DIE RAKGHOULS NICHT IN DIE NÄHE DER TRANSPORTER LASSEN! SIE WERDEN …
WAS? DIE BESATZUNG IN HIRNLOSE MORDMASCHINEN VERWANDELN? WIE DU SIEHST, SIND SIE ALLES ANDERE ALS HIRNLOS.
VIELLEICHT KÖNNEN SIE DIESE TRANSPORTER SOGAR BEDIENEN … MIT DEINER HILFE.
MEINER …?
WAS WEISST DU ÜBER DEN TALISMAN? WELCHE FUNKTIONEN HAT ER NOCH? WIE FINDE ICH ZUGANG ZU IHM?
DARÜBER WEISS ICH NICHTS!
KOMM SCHON. DU BIST MIR BIS HIERHER GEFOLGT, JEDI. DU MUSST ETWAS WISSEN …
ODER BIST DU NICHT ALLEIN HIER?

ICH MUSS ES ERFAHREN. ICH SEHE DEN TALISMAN VOR MEINEM GEISTIGEN AUGE. BISHER HABE ICH KAUM SEINE WAHRE MACHT ANGEZAPFT!
ICH KANN DEN KREUZZUG DER MANDO'ADE VOLLENDEN UND JEDES LEBEWESEN IN MEINEN KLAN HOLEN, WENN ICH ERST DIESES WISSEN BESITZE!
ER BRENNT SIE AUS! SIE MÜSSEN IHN LOSWERDEN!
NEIN! DU WIRST MIR SAGEN, WAS DU WEISST, SONST LASSE ICH DICH VON MEINEN KOLLEGEN ZERFETZEN.
VIELLEICHT FINDE ICH AUCH EIN SCHLIMMERES SCHICKSAL FÜR DICH.
ICH HABE NOCH ANDERE SITH-ARTEFAKTE ENTDECKT, DIE DIR FREUDE BEREITEN KÖNNTEN. DIES HIER NENNE ICH DEN KERKER DES SITH-LORDS DREYPA.
DARIN WÜRDEST DU DEN LEBENDIGEN TOD ERLEIDEN. KEIN SENSOR KÖNNTE IHN DURCHDRINGEN, UM EINEN HINWEIS AUF DEINE EXISTENZ ZU FINDEN ...
... DOCH DU WÜRDEST WISSEN, DASS DU SOLANGE IN DIESER DUNKELHEIT LEBST, WIE ES MIR BELIEBT.
ICH KÖNNTE DICH DORT LASSEN, BIS DIE STERNE ERLÖSCHEN UND DIE GALAXIS ...
... KOLLABIERT?

YIIIII!!
NEIN!
DU DARFST IHN NICHT HABEN!
SMAKKK
KRIEGER! HELFT MIR, DEN TALISMAN ZURÜCKZUHOLEN, BEVOR ...

RRRAARRHH!
NEIN! ICH BEFEHLE EUCH! ICH ...
YARRRGHHH!!!
RRRUNH?
ZAYNE! ICH BIN'S!
WO IST DER TALISMAN? HAST DU IHN GEFUNDEN?
ICH GLAUB, ER HAT MICH GEFUNDEN!

ER ... ER WILL EINEN JEDI!
DAS SEH ICH!
ABER ER KONTROLLIERT DIE RAKGHOULS! VIELLEICHT KANN ICH MIT SEINER HILFE WEITERE INFEKTIONEN VERHINDERN!
ER STEHT DIR NICHT ZU, ZAYNE!
ABER ... VIELLEICHT KANN ICH HELFEN!
GLAUB MIR. DU WILLST IHN NICHT HABEN!
WAS IMMER DU VORHAST, LASS SOFORT DIESES DING LOS!
TALISMAN! ICH BIN EINE JEDI. KOMM ZU MIR!

WA...?
YAAAAAGGGHH!
B-BITTE! HILF MIR! JEMAND ...
W... WER ... WER BIST DU?
DIE ZUKUNFT.
UND DU GEHÖRST MIR!

CELESTE!
SIE BRAUCHT HILFE!
WIR AUCH, ZAYNE! WEITERE MANDO-RAKS SIND UNTERWEGS! VERSCHWINDEN WIR, BEVOR ...
BIST DU OKAY, JUNGE?
ZU SPÄT!

SIE SIND KEIN PROBLEM. NICHT FÜR *MICH*.
ABER ICH BIN MIR NICHT SICHER, WAS DAS ZU BEDEUTEN HAT ...!
„WAS DAS FÜR ALLE ANDEREN BEDEUTET!"

„... Und auch wenn der Feind in grosser Zahl das Schlachtfeld bevölkert ..."
„... gibt es doch für jeden einen Widersacher."
„Ihre Kaft wurde zu meiner. Ihre Gedanken wurden zu meinen."
„Jegliches Fleisch ist mein Fleisch. Keiner rührt sich, wenn ich es nicht will."
„So lautet das von den Sith verheissene Gebot ..."

„... UND ICH HABE ES UMGESETZT!“
AUS NAGA SADOWS ÜBERSETZUNG DES KODEX VON KARNESS MUUR ...

GEBURTSDATUM UNBEKANNT. STERBE-DATUM UNBEKANNT.
DATUM DER WIEDERGEBURT ...
... HEUTE.

CELESTE. ALLES IN ORDNUNG?
CELESTE!
KOMM ZURÜCK INS LABOR. HIER DRAUSSEN BEKÄMPFEN SICH RAKGHOULS UND MANDALORIANER. DA IST ES NICHT SICHER!
DOCH, ES *IST* SICHER ...
... FÜR MICH.

STERBT, IHR MONSTER! N'DURAA!
KER-RAACK!
NEEEIIIIN!!!
NEIN! NEIN!
SIEHST DU? ALLES IN ORDNUNG. ES KÖNNTE NICHT BESSER LAUFEN.

CELESTE, WAS REDEST DU? SIE HABEN DIESEN MANN ZERFETZT!
MANCHMAL MÜSSEN SIE FRESSEN, ZAYNE. UND ES GIBT BEREITS SEHR VIELE BASILISKENREITER.
WA... WAS SOLL *DAS* HEISSEN?
UND WIESO BENUTZEN SIE SPEEDER UND WAFFEN? RAKGHOULS HABEN DOCH KEINEN *VERSTAND*!
ICH KENNE JETZT DIE WAHRHEIT, ZAYNE.
DIE SEUCHE HÖHLT DIE PERSÖNLICHKEIT DES OPFERS AUS UND ZERSTÖRT SIE ...
... DOCH DIE *ERLERNTEN FÄHIGKEITEN* DES WESENS BLEIBEN ERHALTEN UND WARTEN DARAUF, AKTIVIERT ZU WERDEN. WÄHREND DIE RAKS ALSO BLOSS IHREN HUNGER STILLEN ...
... KANN DER TRÄGER DES TALISMANS DAS NUTZEN, WAS SIE *WAREN*.
KRIEGER, PATROUILLIERE.

DIE MANDALORIANISCHE ARMEE IST UNTER KONTROLLE GEBRACHT, ZAYNE. WIR SIND SICHER, ALLES DANK DES TALISMANS!
VIELLEICHT ... ABER ICH WÜNSCHTE MIR TROTZDEM, ICH HÄTTE MEIN LICHTSCHWERT.
NICHTS FÜR UNGUT.
WARTE EINEN MOMENT ... ICH ...
... JA, ES WURDE IN DER SÜDPASSAGE GESEHEN. BERGEN UND AUSLIEFERN.
ALLES FÜHLT SICH BESSER AN, ZAYNE. ICH BIN NICHT MEHR KALT. ICH WAR BEGRABEN ... UND BIN JETZT FREI.
UND DER TALISMAN ... ICH SPÜRE IHN IN MEINEM KOPF. UND JEDEN, DER IHN BERÜHRT HAT.
KANN MAN DIE PERSÖNLICHKEITEN WIEDERHERSTELLEN?
NEIN. ES SIND ABDRÜCKE. NUR IHRE FÄHIGKEITEN SIND GEBLIEBEN.
DIE MANDALORIANER REKRUTIEREN BLOSS. DER TALISMAN FORMT ALLES NEU.
KARNESS HATTE RECHT. IHNEN WIRD DIE ZUKUNFT GEHÖREN.
HILFE!

LASS MICH RUNTER, SCHEUSAL!
DEIN BOSS HAT'S GEWUSST!
DU HAST DICH IN SCHWIERIGKEITEN GEBRACHT, GRYPH. DA DRIN SIND SITH-ARTEFAKTE. DU AHNST JA NICHT, WAS SIE ANRICHTEN KÖNNEN.
UFF!
SAG'S IHM, CELESTE! SAG IHM, FÜR DEN DU ARBEITEST!
ZAYNE, SIE ARBEITET FÜR LUCIEN!
WAS?
ICH HABE HIER SEINE DATENKUGEL! DER BUND HAT NACH DEM TALISMAN GESUCHT, ALS ER AUF TARIS WAR ...
... UND ALS ER GING, HAT ER IHR DEN JOB ÜBERLASSEN!
STIMMT DAS, CELESTE? DU ARBEITEST FÜR DEN JEDI-BUND?

ICH GEHÖRE ZU EINEM ***SUCHTRUPP***. WIR SUCHEN SITH-RELIKTE UND NEUTRALISIEREN SIE. ***ZUM WOHL ALLER***.
UND UNSERE ANFÜHRERIN IST ÜBER JEDEN ZWEIFEL ERHABEN. DIE LEHRERIN EINER GENERATION VON CORUSCANTS SEHERN ... ***LADY KRYNDA.***
ICH HATTE ALSO RECHT. DU ***KENNST*** SIE!
ICH WAR ERSTAUNT, DASS IHR NAME DIR EIN BEGRIFF IST. SIE HAT DIE JEDI LANGE VOR DEINER GEBURT VERLASSEN. ABER DU KENNST ZWEIFELLOS IHREN SOHN ...
... ***LUCIEN DRAAY!***
NATÜRLICH.
ER HAT SIE NIE ERWÄHNT ...
... UND DEN GRUND KANN ICH MIR DENKEN! WAS SIE TUN IST FALSCH, CELESTE! WIE KANNST DU FÜR DIESE FAMILIE ARBEITEN?
WEIL ***MEINE FAMILIE*** IM SITH-KRIEG ALLES VERLOREN HAT, ZAYNE! ICH HABE MICH DEN JEDI ANGESCHLOSSEN, UM DAFÜR ZU SORGEN, DASS DIE SITH NIE MEHR ZURÜCKKOMMEN!
ABER DIE JEDI SIND NICHT MEHR AUF DER HUT! DESHALB IST ES RICHTIG, WAS ***WIR*** TUN!
SIE ***TÖTETEN MEINE FREUNDE*** UND HABEN MIR DIE SCHULD AN ETWAS GEGEBEN, WOVON SIE DACHTEN, ICH ***KÖNNTE*** ES VIELLEICHT TUN! WAR ***DAS*** RICHTIG?
UND WAS STELLEN SIE MIT DEM, WAS IHR FINDET, EIGENTLICH ***WIRKLICH*** AN?
VIELLEICHT SIND SIE GAR NICHT SO EDEL, WIE DU ...

SEID STILL!!!
UFF!
WENN DER BUND KORRUPT IST, DANN SIND ALLE KORRUPT! NICHTS ZÄHLT DANN NOCH! NICHTS IST DANN NOCH REIN ...
... NICHTS AUSSER MACHT!
LUCIEN HAT RECHT. IHR SEID GAUNER. IHR HABT UNERMESSLICHEN SCHADEN ANGE-RICHTET!
ICH WERDE MEINE MISSION VOLLENDEN UND DAZU GEHÖRT, EUCH ZU ER-LEDIGEN!
DEINE MISSION, CELESTE? DEINE MISSION IST ES, DIE GALAXIS VOR DER MACHT DER SITH ZU BE-SCHÜTZEN!
ABER, SCHAU DICH DOCH UM!

DA IST DEINE BEDROHUNG. MILLIONEN VON MANDALORIANERN ... ALLE TOT!
EINE INS UFERLOSE WACHSENDE SITH-ARMEE, ERSCHAFFEN VON DIR!
UNVORSTELLBARER SCHADEN, CELESTE? DU HAST GERADE ERST ANGEFANGEN!

NEIN!

CELESTE!
RÜHR DEN ... TALISMAN ... NICHT AN.
ICH WEISS, ICH HAB GESEHEN, WAS MIT PULSIPHER GESCHAH. ABER ES MUSS EINE MÖGLICHKEIT GEBEN, IHN ZU ENTFERNEN!
ICH BRAUCHE DEINE HILFE, ZAYNE. ER WILL DIESE WELT VERLASSEN. KARNESS. ER IST IN DEM TALISMAN!
DIESE KREATUREN ... MIT DEM VERSTAND EINES JEDI SIND SIE ZU ALLEM FÄHIG, KÖNNEN SICH ÜBERALL AUSBREITEN. ÜBERALLHIN!
BALD TREFFEN CASSUS FETTS TRANSPORTER HIER EIN. BITTE, SOLANGE ICH IHN NOCH KONTROLLIEREN KANN ...
... TÖTE MICH.
DANN MÜSST IHR FLIEHEN. ER WIRD WEITER EINEN JEDI WOLLEN!
ICH SPÜRE DIE VERÄNDERUNG IN MIR. BITTE, ZAYNE, BEENDE ES JETZT.
ICH WERDE HELFEN, ABER NICHT SO.
ICH HAB EINE IDEE.

ICH HAB DIE RAKGHOUL-WACHEN NACH UNTEN GESCHICKT, WIE VON DIR GEWÜNSCHT, ZAYNE.
GUT. WAHR-SCHEINLICH WISSEN SIE NICHT, WIE DIE TÜREN FUNKTIONIEREN, DIE HIER HERAUF-FÜHREN ...
DANK DIESES GEBILDES. DER ISOLATIONSKAMMER, VON DER PULSIPHER SPRACH.
LORD DREYPAS KERKER. DU HAST RECHT! IHN WIRD DER TALISMAN NICHT DURCH-DRINGEN. ICH WEISS ES ...
... WEIL ER FÜR MICH ERBAUT WURDE.
ICH MEINE, FÜR KARNESS. DREYPA WOLLTE IHN EINKERKERN. ES WIRD NICHT ANGENEHM ...
ES IST EINE FOLTER-KAMMER. ABER ES IST SICHERER, ALS MICH DRAUSSEN ZU LASSEN!
ZAYNE, WENN DEIN SCHIFF EINTRIFFT, BRING MICH NACH ODRYN. INS HEILIGTUM DER ERHABENEN. DORTHIN ...
... HÄTTE ICH DEN TALISMAN BRINGEN SOLLEN.
DIESER SCHLÜSSEL WIRD DIR ZUTRITT GEWÄHREN, ZAYNE. ES GIBT DORT FORSCHER DES BUNDES ...
... DIE SICH MIT SITH-ARTEFAKTEN AUSKENNEN. VIELLEICHT KÖNNEN SIE DIR HELFEN.

WENN SIE UNS NICHT VORHER *TÖTEN*! SIE SIND, HINTER UNS HER! WIR KÖNNEN NICHT ...
SCHON GUT, CELESTE. ***WIR FLIEGEN HIN***.
MACH DIR KEINE SORGEN.
DU ... DU HAST DIE PADAWANE WIRKLICH ***NICHT*** GETÖTET, ODER?
DANN HÖR ZU. FINDE ***KRYNDA***. WENN DU DIE WAHRHEIT SAGST, HÄTTE SIE ES NIE ZUGELASSEN.
ETWAS STIMMT NICHT UND SIE WÜRDE WOLLEN, DASS DU ES BEENDEST.
SIE IST VOLLER HINGABE, ZAYNE ... NICHT BÖSE. NUR WIE ...
NUR WIE ***DU***.
ICH DANKE DIR.
ICH WERD NICHT LANG BRAUCHEN. BIS SPÄTER.

DAS WAR ANSTÄNDIG VON DIR.
SO SIND WIR.
SO BIST *DU*, ABER DU BIST MEIN FLUG HIER RAUS.
DU KENNST NICHT MAL ***DEN NAMEN DER MUTTER DEINES MEISTERS***?
ER HAT MICH NIE ZU SICH EINGELADEN, OKAY? ER ***IGNORIERTE*** MICH! ICH BIN FROH, DASS ICH WEISS, WIE MAN EIN LICHTSCHWERT EINSCHALTET!
HOFFENTLICH BRAUCHST DU ES NICHT. SIEHT SO AUS, ALS FUNKTIONIERTE DIESER KASTEN. ***NIEMAND*** DENKT MEHR FÜR DIE RAKS!
RRMBBBLLL
WAS ZUM ...
RAAARRGHH!
KEEERR-RAAAKKK!

RYYAAARRGGH!!
SO VIEL ZU TÜREN AN EINEM ORT AUS EIS!
SIE KÖNNEN DENKEN! SIE WOLLEN UNS!
YIII!!
KLETTRE HOCH!
EIN SCHIFF!
CASSUS FETT? DIE MANDALORIANER?

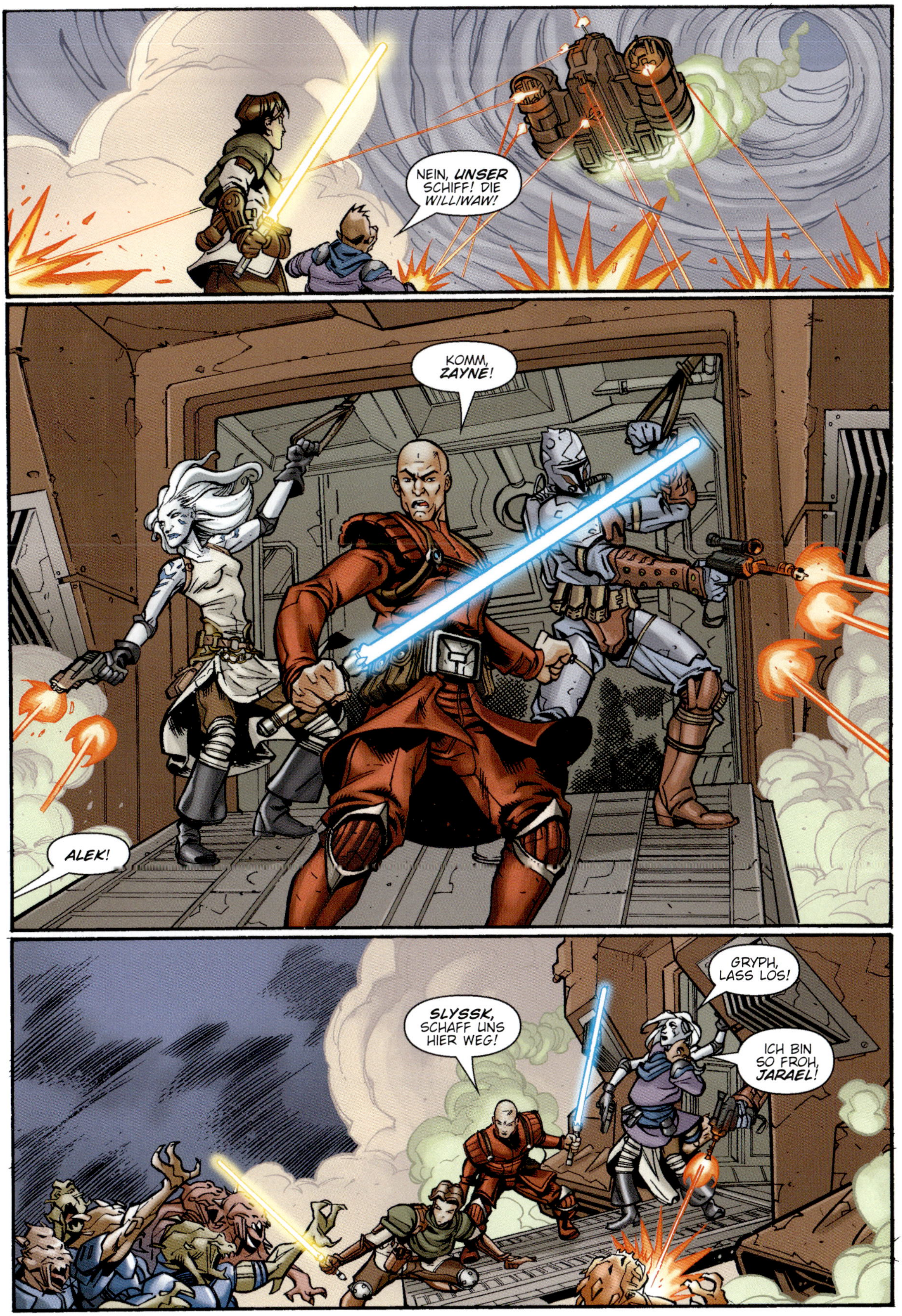

NEIN, UNSER SCHIFF! DIE WILLIWAW!
KOMM, ZAYNE!
ALEK!
SLYSSK, SCHAFF UNS HIER WEG!
GRYPH, LASS LOS!
ICH BIN SO FROH, JARAEL!

KEHR UM, ALEK! DA UNTEN IST JEMAND, DEN WIR MITNEHMEN MÜSSEN!
DA UNTEN? ZAYNE, WIE SOLL DA NOCH JEMAND AM LEBEN SEIN? AUSSERDEM ...
... HABEN WIR BESUCH! DIE MANDALORIANER!
ICH FLIEG UNS HINTER DEN MOND. WAS HABEN SIE VOR ...
ES IST CASSUS FETT. ICH MUSS IHN NOCH MAL WARNEN, NICHT ZU LANDEN! VIELLEICHT HÖRT ER JETZT ...
... AUF MICH ...

NICHT NOCH MAL!
NICHT NOCH MAL!
NICHT NOCH MAL ...

VOR ENTYE, ZAYNE CARRICK. DU HAST FREIES GELEIT.
CASSUS FETT UND DIE MANDO'ADE STEHEN IN DEINER SCHULD. RE'TURCYE MHI.
SCHULD?
SIE HABEN IHRE EIGENEN LEUTE AUSGELÖSCHT! SIE SOLLTEN SICH FERNHALTEN! ABER NICHT DAS ...
UM DIE INFEKTION ZU STOPPEN, AMPUTIERTE CASSUS DAS GLIED. TYPISCH. SO VIELE AUF EINEN STREICH ...
DESHALB MÜSSEN UNSERE JEDI DEINE ALTEN VERBÜNDETEN AUFHALTEN, ROHLAN ... UM JEDEN PREIS.
GRYPH, HABEN SIE DIE SEUCHE VON TARIS EINGE-SCHLEPPT?
ES WAR EIN SITH-ARTEFAKT. ES VERWANDELTE DIE MANDALORIANER IN RAKGHOULS.
EIN EINZIGES ARTEFAKT HAT DAS GETAN?
ERSTAUNLICH.
TUT MIR LEID, DASS WIR SO SPÄT WAREN, ZAYNE. WIR HABEN SHEL GEHOL-FEN, DIE KINDER DER POLIZEIPRÄSIDENTIN ZU IHREM VATER ZU BRINGEN, WIE VON DIR GEWÜNSCHT.
KAUM TRAF DEIN SIGNAL BEI UNS EIN, SIND WIR VON ALDERAAN AUFGEBRO-CHEN. DU HATTEST EINE FREUNDIN DA UNTEN?

CELESTE. SIE HAT UNS GERETTET. SIE WOLLTE DAS RICHTIGE TUN, DOCH NUN IST SIE TOT. MISSBRAUCHT ... MISSBRAUCHT VOM JEDI-GEHEIMBUND.
SIE HABEN DAS ALLES ANGEZETTELT ... DURCH IHRE VERDAMMTE MISSION. SEIT SIE MICH HEREINGELEGT HABEN, FOLGT MIR DIE KATASTROPHE AUF SCHRITT UND TRITT ...
DAS MUSS EIN ENDE FINDEN.
ALEK, DU SAGTEST, DU BIST MIR WEGEN FLASHPOINT NOCH ETWAS SCHULDIG. KANN ICH AUF DICH ZÄHLEN?
NATÜRLICH, ZAYNE. DU MUSST NUR EIN WORT SAGEN.
WIR ALLE HELFEN DIR.
WAS HAST DU VOR, ZAYNE?

„ICH WERDE CELESTE EHRE ERWEISEN UND TUN, WAS SIE VON MIR VERLANGTE ..."
„... ALLES."
„UND ICH WERDE DEN JEDI-BUND ZU FALL BRINGEN UND DABEI UNSEREN NAMEN REINWASCHEN."
„ICH MUSS. SCHLIESSLICH ..."
„... GAB SIE MIR DEN SCHLÜSSEL."
UND NUN EIN SPRUNG VON KNAPP 4000 JAHREN IN DIE ZUKUNFT.

US-STAR WARS DARK TIMES #11

US-STAR WARS DARK TIMES #12

IRGENDWO IM **ZENTRUMSBEREICH.** UNGEFÄHR DREI MONATE, NACHDEM PALPATINE SICH ZUM IMPERATOR AUSGERUFEN HAT …
WIE LANGE IST ER SCHON IN DIESER ZELLE?
WIE LANGE IST ES HER, DASS SOLDATEN IHN AUF DEM MARKT VON PIZKOSS VERHAFTET HABEN? ER WEISS ES NICHT GENAU. MEHRERE WOCHEN. MINDESTENS.
IN DEN ERSTEN PAAR TAGEN HABEN SIE IHN GRAUSAM ÜBER SEINE KAMERADEN AUF DER UHUMELE AUSGEFRAGT …
… ÜBER CAPTAIN HEREN … UND DIE FRACHT DES SCHIFFES.
DANN LIESSEN SIE IHN IN RUHE. ALLEIN.
ER WEISS, DASS ER AUF EINER ART SCHIFF IST. ER SPÜRT DEN REGELMÄSSIGEN PULS DES ANTRIEBS DURCH DEN BODEN …
… DIE EINZIGE UNTERBRECHUNG DER EINTÖNIGKEIT SEINER GEFANGENSCHAFT, ABGESEHEN VON DER TÄGLICHEN MAHLZEIT, DIE EIN GESICHTSLOSER DROIDE IHM BRINGT.
KLIK!
DESHALB WEISS ER, ALS ER SCHRITTE DRAUSSEN IM KORRIDOR UND DAS KLICKEN SEINER ZELLENTÜR HÖRT, ALS SIE GEÖFFNET WIRD, DASS DAS NUR EINES BEDEUTEN KANN …

... SIE SIND GEKOMMEN, UM IHN ZU TÖTEN.
NUR DAS?
DU BIST JANKS, EIN BESATZUNGSMITGLIED DES SCHIFFS NAMENS UHUMELE?
J... JA.
WEISST DU, WER ICH BIN?
NEIN ...
ABER DU FÜRCHTEST MICH?
JA.
DAS REICHT. UND JETZT ...

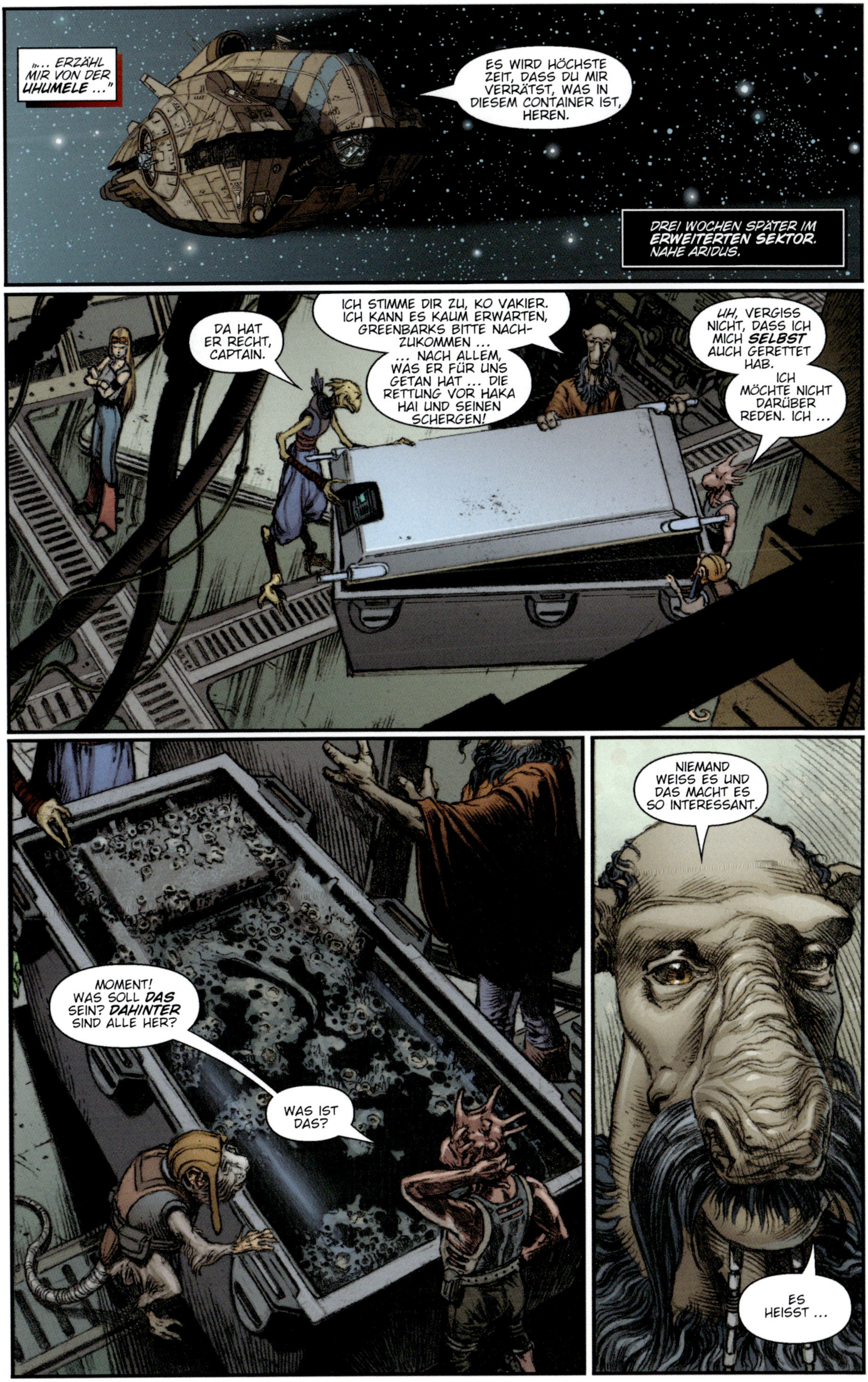
„... ERZÄHL MIR VON DER UHUMELE ...“
ES WIRD HÖCHSTE ZEIT, DASS DU MIR VERRÄTST, WAS IN DIESEM CONTAINER IST, HEREN.
DREI WOCHEN SPÄTER IM ERWEITERTEN SEKTOR. NAHE ARIDUS.
DA HAT ER RECHT, CAPTAIN.
ICH STIMME DIR ZU, KO VAKIER. ICH KANN ES KAUM ERWARTEN, GREENBARKS BITTE NACHZUKOMMEN ...
... NACH ALLEM, WAS ER FÜR UNS GETAN HAT ... DIE RETTUNG VOR HAKA HAI UND SEINEN SCHERGEN!
UH, VERGISS NICHT, DASS ICH MICH SELBST AUCH GERETTET HAB.
ICH MÖCHTE NICHT DARÜBER REDEN. ICH ...
MOMENT! WAS SOLL DAS SEIN? DAHINTER SIND ALLE HER?
WAS IST DAS?
NIEMAND WEISS ES UND DAS MACHT ES SO INTERESSANT.
ES HEISST ...

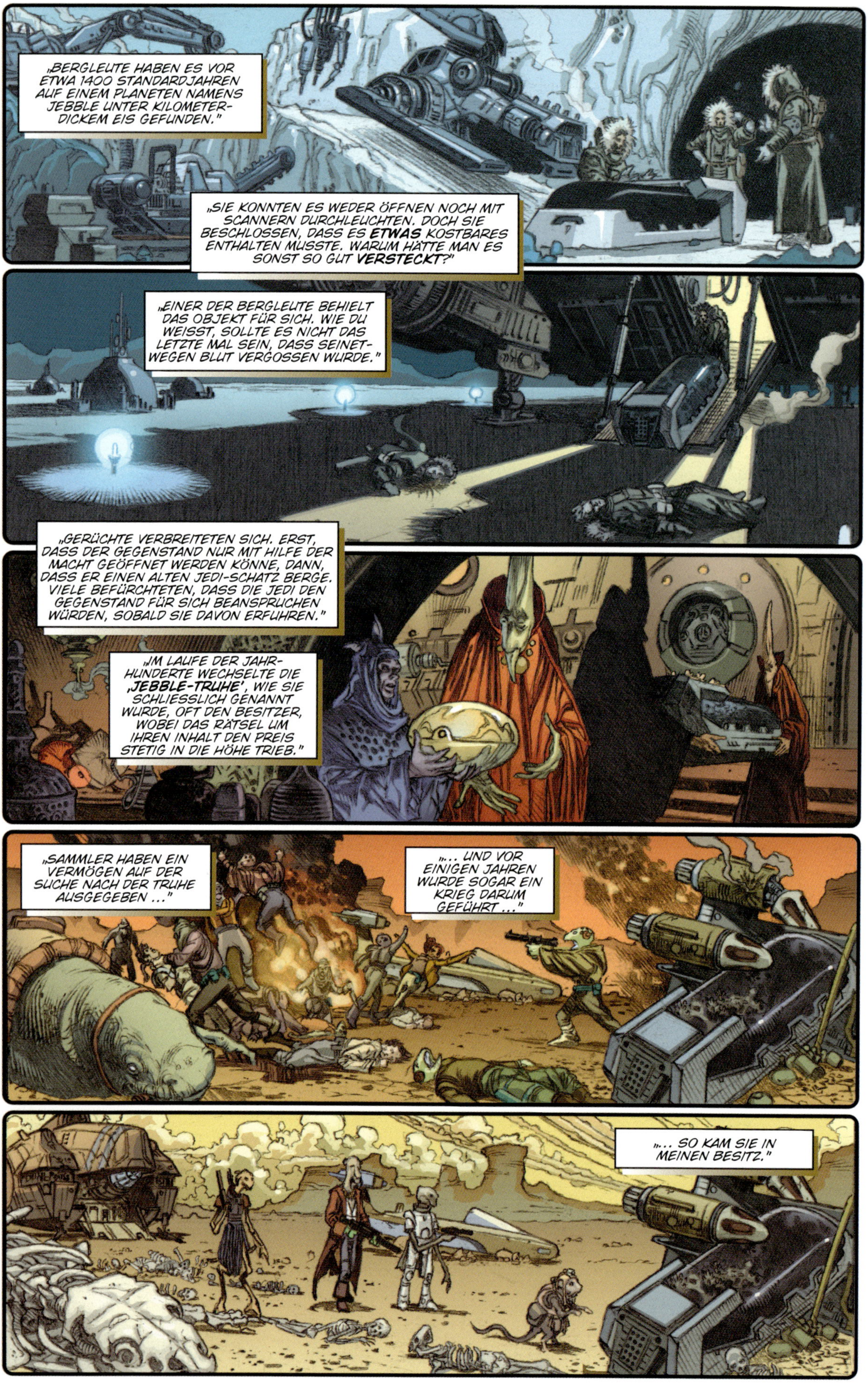
„BERGLEUTE HABEN ES VOR ETWA 1400 STANDARDJAHREN AUF EINEM PLANETEN NAMENS JEBBLE UNTER KILOMETER-DICKEM EIS GEFUNDEN."
„SIE KONNTEN ES WEDER ÖFFNEN NOCH MIT SCANNERN DURCHLEUCHTEN. DOCH SIE BESCHLOSSEN, DASS ES **ETWAS** KOSTBARES ENTHALTEN MUSSTE. WARUM HÄTTE MAN ES SONST SO GUT **VERSTECKT**?"
„EINER DER BERGLEUTE BEHIELT DAS OBJEKT FÜR SICH. WIE DU WEISST, SOLLTE ES NICHT DAS LETZTE MAL SEIN, DASS SEINET-WEGEN BLUT VERGOSSEN WURDE."
„GERÜCHTE VERBREITETEN SICH. ERST, DASS DER GEGENSTAND NUR MIT HILFE DER MACHT GEÖFFNET WERDEN KÖNNE, DANN, DASS ER EINEN ALTEN JEDI-SCHATZ BERGE. VIELE BEFÜRCHTETEN, DASS DIE JEDI DEN GEGENSTAND FÜR SICH BEANSPRUCHEN WÜRDEN, SOBALD SIE DAVON ERFUHREN."
„IM LAUFE DER JAHR-HUNDERTE WECHSELTE DIE **'JEBBLE-TRUHE'**, WIE SIE SCHLIESSLICH GENANNT WURDE, OFT DEN BESITZER, WOBEI DAS RÄTSEL UM IHREN INHALT DEN PREIS STETIG IN DIE HÖHE TRIEB."
„SAMMLER HABEN EIN VERMÖGEN AUF DER SUCHE NACH DER TRUHE AUSGEGEBEN ..."
„... UND VOR EINIGEN JAHREN WURDE SOGAR EIN KRIEG DARUM GEFÜHRT ..."
„... SO KAM SIE IN MEINEN BESITZ."

UND WAS MEINST DU, WAS SIE IST?
EHRLICH GESAGT HAB ICH KEINE AHNUNG, UND ZURZEIT IST ES MIR AUCH EGAL.
ICH WILL SIE NUR VERKAUFEN UND LOSWERDEN.
HOFFENTLICH LÄUFT DIESES GESCHÄFT BESSER ALS DAS LETZTE ...
WAS WILLST DU DAMIT ANDEUTEN?
GLAUBST DU, ICH EMPFINDE DEN VERLUST VON LYNALISKAR K'RA SNYFFULNIMATTA NICHT EBENSO SCHMERZHAFT WIE IHR – ODER DEN VON JANKS?
WIR HABEN SNIFFLES NICHT VERLOREN, HEREN ...
... EINER DEINER „FREUNDE" HAT IHN GETÖTET!
CRYS, ICH ...
CRYS, ICH BRAUCH DICH HIER OBEN. WIR NÄHERN UNS UNSEREM ZIEL.

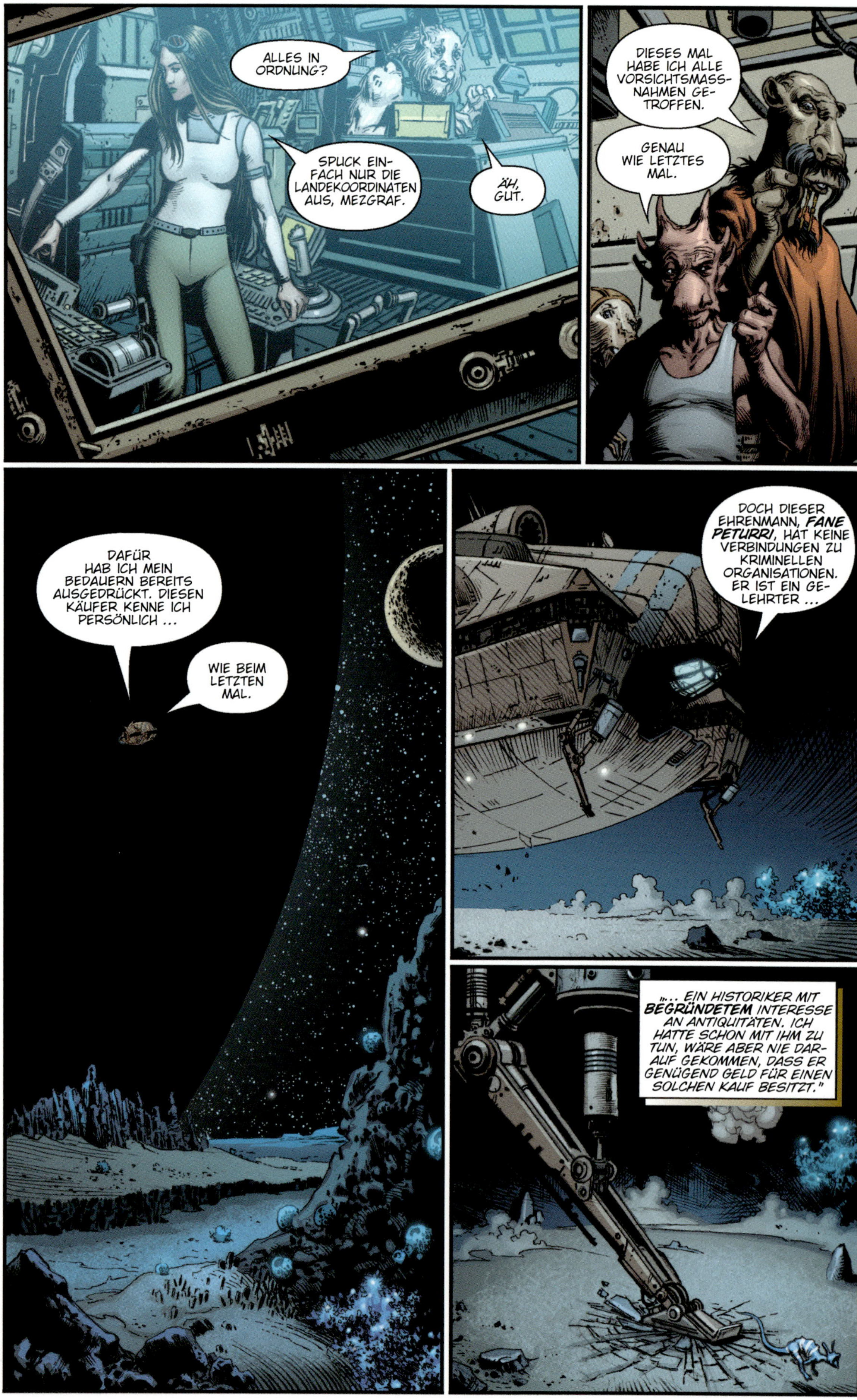
ALLES IN ORDNUNG?
SPUCK EINFACH NUR DIE LANDEKOORDINATEN AUS, MEZGRAF.
ÄH, GUT.
DIESES MAL HABE ICH ALLE VORSICHTSMASSNAHMEN GETROFFEN.
GENAU WIE LETZTES MAL.
DAFÜR HAB ICH MEIN BEDAUERN BEREITS AUSGEDRÜCKT. DIESEN KÄUFER KENNE ICH PERSÖNLICH ...
WIE BEIM LETZTEN MAL.
DOCH DIESER EHRENMANN, FANE PETURRI, HAT KEINE VERBINDUNGEN ZU KRIMINELLEN ORGANISATIONEN. ER IST EIN GELEHRTER ...
„... EIN HISTORIKER MIT BEGRÜNDETEM INTERESSE AN ANTIQUITÄTEN. ICH HATTE SCHON MIT IHM ZU TUN, WÄRE ABER NIE DARAUF GEKOMMEN, DASS ER GENÜGEND GELD FÜR EINEN SOLCHEN KAUF BESITZT."

WAS MEINST DU, WOHER DIESER PETURRI DIE „MITTEL" HAT, UM SICH DIE TRUHE LEISTEN ZU KÖNNEN?
AUS EINER ERBSCHAFT? VON EINEM MÄZEN? SPIELT DAS EINE ROLLE?
VIELLEICHT. WIR WOLLEN DAS DEBAKEL VOM LETZTEN MAL NICHT WIEDERHOLEN.
KO VAKIER HAT RECHT. SEI AUF DER HUT.
DA IST PETURRI. ER IST ALLEIN GEKOMMEN ...
... WIE VERSPROCHEN.
FANE PETURRI.
SCHURKHEREN.
HABEN SIE DIE VEREINBARTE BEZAHLUNG DABEI?
NEIN.

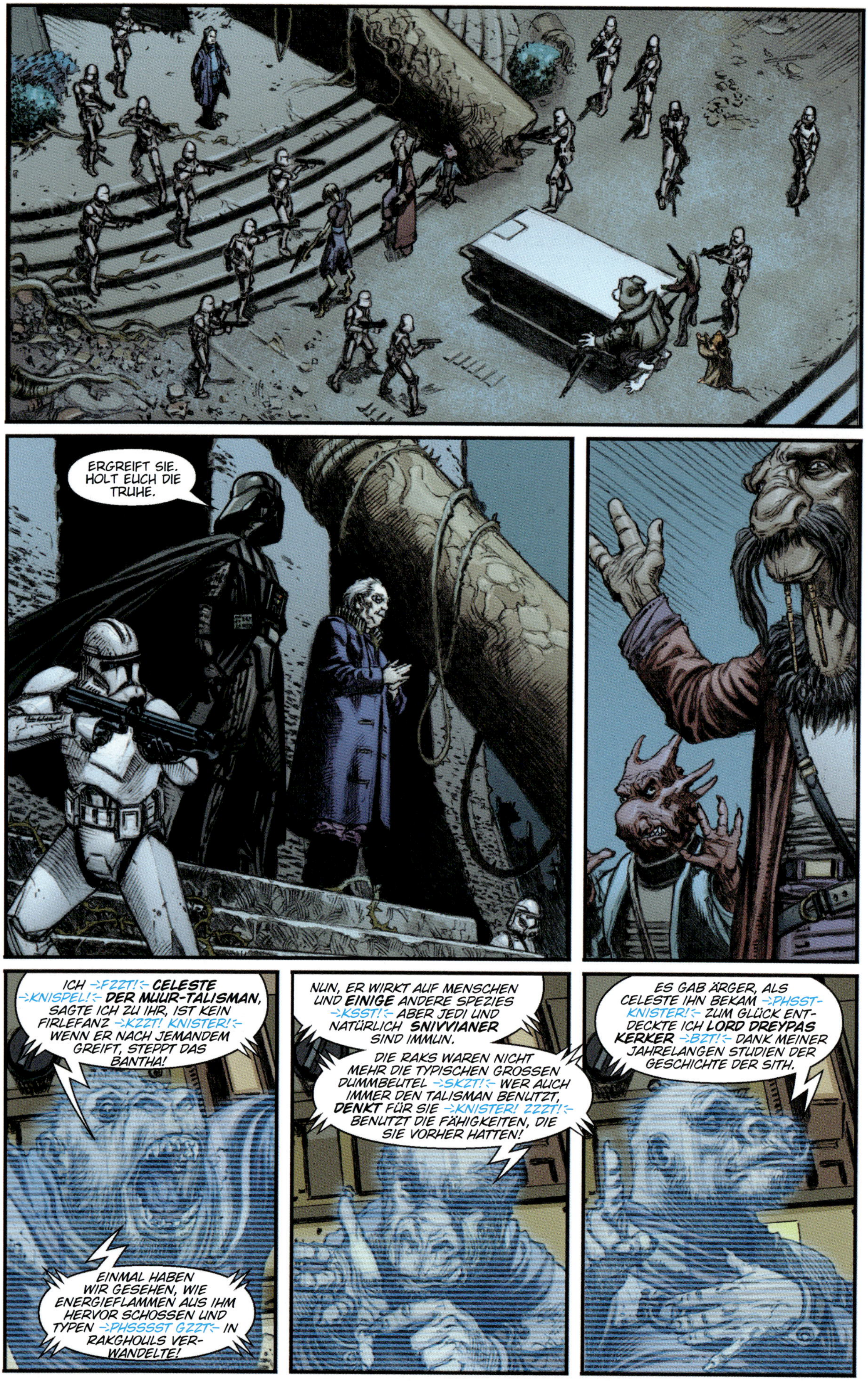
ERGREIFT SIE. HOLT EUCH DIE TRUHE.
ICH -FZZT!- CELESTE -KNISPEL!- DER MUUR-TALISMAN, SAGTE ICH ZU IHR, IST KEIN FIRLEFANZ -KZZT! KNISTER!- WENN ER NACH JEMANDEM GREIFT, STEPPT DAS BANTHA!
EINMAL HABEN WIR GESEHEN, WIE ENERGIEFLAMMEN AUS IHM HERVOR SCHOSSEN UND TYPEN -PHSSSST GZZT- IN RAKGHOULS VERWANDELTE!
NUN, ER WIRKT AUF MENSCHEN UND EINIGE ANDERE SPEZIES -KSST!- ABER JEDI UND NATÜRLICH SNIVVIANER SIND IMMUN.
DIE RAKS WAREN NICHT MEHR DIE TYPISCHEN GROSSEN DUMMBEUTEL -SKZT!- WER AUCH IMMER DEN TALISMAN BENUTZT, DENKT FÜR SIE -KNISTER! ZZZT!- BENUTZT DIE FÄHIGKEITEN, DIE SIE VORHER HATTEN!
ES GAB ÄRGER, ALS CELESTE IHN BEKAM -PHSST-KNISTER!- ZUM GLÜCK ENTDECKTE ICH LORD DREYPAS KERKER -BZT!- DANK MEINER JAHRELANGEN STUDIEN DER GESCHICHTE DER SITH.

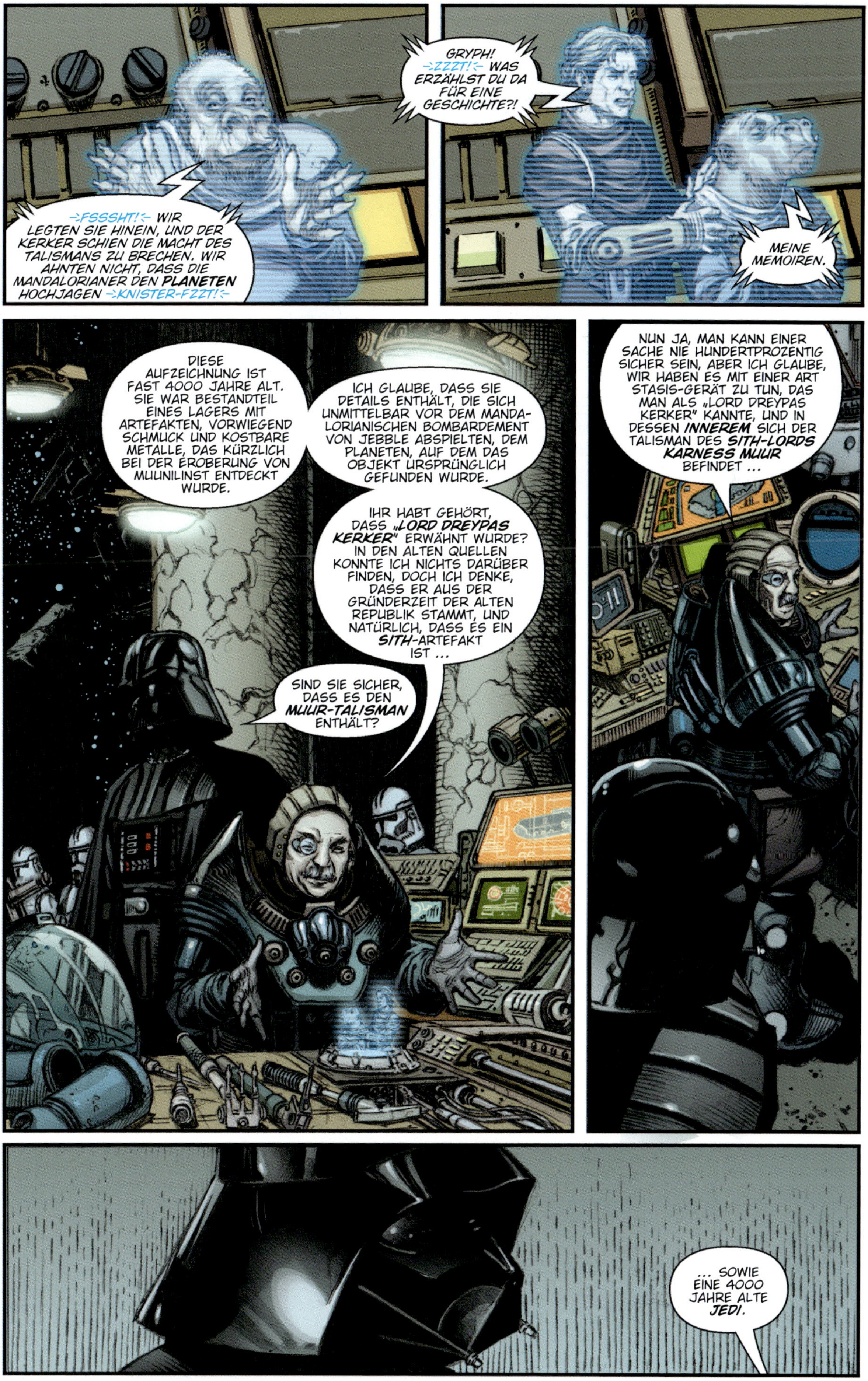

-ZZZT!- WAS ERZÄHLST DU DA FÜR EINE GESCHICHTE?!
-FSSSHT!- WIR LEGTEN SIE HINEIN, UND DER KERKER SCHIEN DIE MACHT DES TALISMANS ZU BRECHEN. WIR AHNTEN NICHT, DASS DIE MANDALORIANER DEN **PLANETEN** HOCHJAGEN -KNISTER-FZZT!-
GRYPH! -ZZZT!- WAS ERZÄHLST DU DA FÜR EINE GESCHICHTE?!
MEINE MEMOIREN.
DIESE AUFZEICHNUNG IST FAST 4000 JAHRE ALT. SIE WAR BESTANDTEIL EINES LAGERS MIT ARTEFAKTEN, VORWIEGEND SCHMUCK UND KOSTBARE METALLE, DAS KÜRZLICH BEI DER EROBERUNG VON MUUNILINST ENTDECKT WURDE.
ICH GLAUBE, DASS SIE DETAILS ENTHÄLT, DIE SICH UNMITTELBAR VOR DEM MANDALORIANISCHEN BOMBARDEMENT VON JEBBLE ABSPIELTEN, DEM PLANETEN, AUF DEM DAS OBJEKT URSPRÜNGLICH GEFUNDEN WURDE.
IHR HABT GEHÖRT, DASS ***„LORD DREYPAS KERKER"*** ERWÄHNT WURDE? IN DEN ALTEN QUELLEN KONNTE ICH NICHTS DARÜBER FINDEN, DOCH ICH DENKE, DASS ER AUS DER GRÜNDERZEIT DER ALTEN REPUBLIK STAMMT, UND NATÜRLICH, DASS ES EIN ***SITH***-ARTEFAKT IST …
SIND SIE SICHER, DASS ES DEN ***MUUR-TALISMAN*** ENTHÄLT?
NUN JA, MAN KANN EINER SACHE NIE HUNDERTPROZENTIG SICHER SEIN, ABER ICH GLAUBE, WIR HABEN ES MIT EINER ART STASIS-GERÄT ZU TUN, DAS MAN ALS „LORD DREYPAS KERKER" KANNTE, UND IN DESSEN ***INNEREM*** SICH DER TALISMAN DES ***SITH-LORDS KARNESS MUUR*** BEFINDET …
… SOWIE EINE 4000 JAHRE ALTE ***JEDI***.

WAS IST EIN „SITH-LORD“?
EIN MITGLIED EINER ÜBLEN RELIGION, RATTY.
OBWOHL ICH DACHTE, SIE WÄREN AUS-GESTORBEN ...
ARMER JANKS ...
HUH?
SIE MÜSSEN IHN GEFOLTERT HABEN. SO HAT DAS IMPERIUM UNS ...
KEIN WORT MEHR!

ICH MÖCHTE NUR NOCH EIN PAAR TESTS DURCHFÜHREN. SCANS, DIE ICH FÜR WICHTIG HALTE, BEVOR ...
NEIN! NICHT ÖFFNEN!

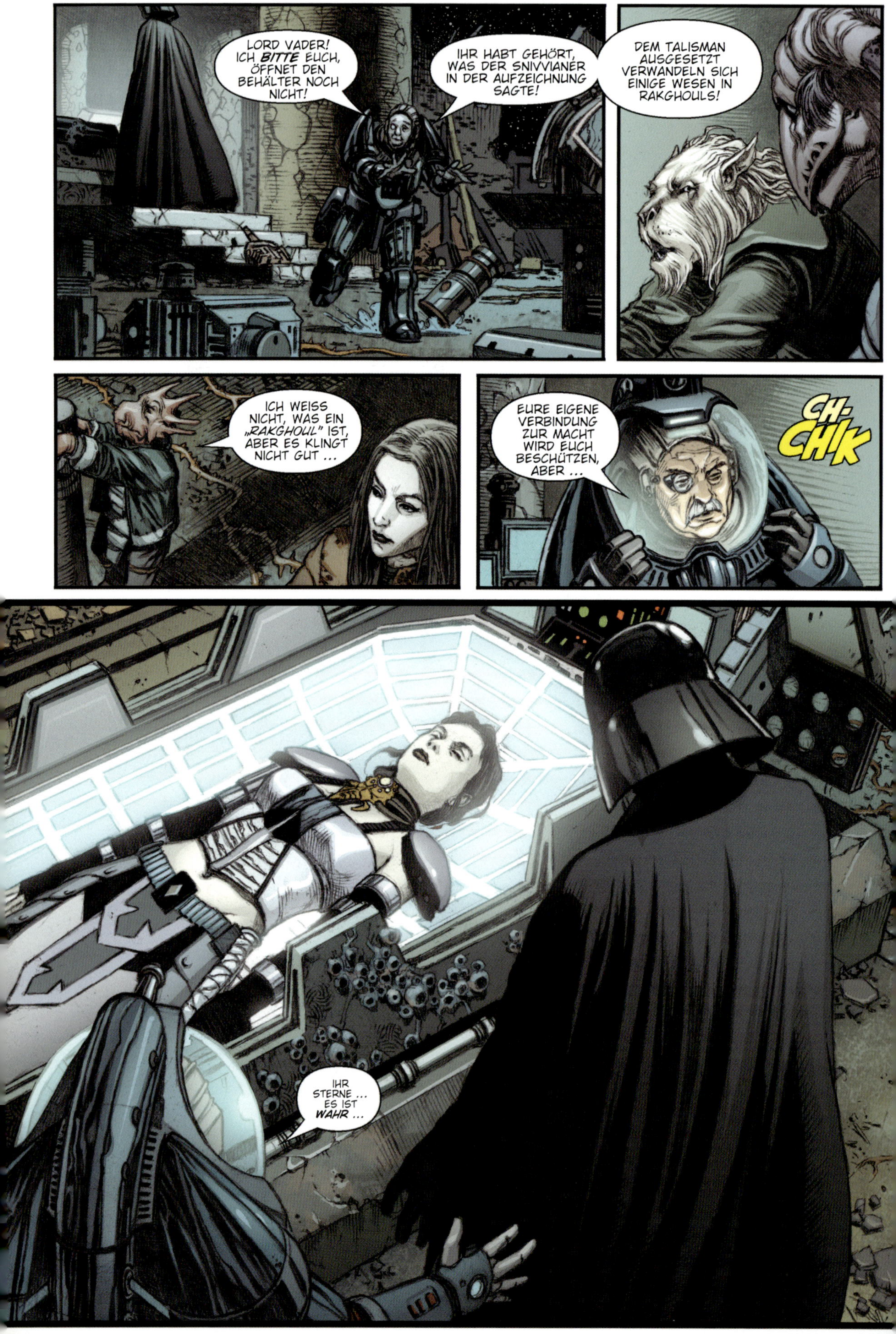
LORD VADER! ICH BITTE EUCH, ÖFFNET DEN BEHÄLTER NOCH NICHT!
IHR HABT GEHÖRT, WAS DER SNIVVIANER IN DER AUFZEICHNUNG SAGTE!
DEM TALISMAN AUSGESETZT VERWANDELN SICH EINIGE WESEN IN RAKGHOULS!
ICH WEISS NICHT, WAS EIN „RAKGHOUL" IST, ABER ES KLINGT NICHT GUT ...
EURE EIGENE VERBINDUNG ZUR MACHT WIRD EUCH BESCHÜTZEN, ABER ...
CH-CHIK
IHR STERNE ... ES IST WAHR ...

DAS HATTE ICH ERWARTET. „STASIS-TRUHE" HIN ODER HER, NIEMAND KANN 4000 JAHRE ÜBERLEBEN ...
-KEUCH!- ZAYNE!

SIND DIE JEDI GEKOMMEN ...?
SEID IHR ...? HABT IHR MICH BEFREIT ...?
NEIN.
ER IST NOCH DA ... ICH SPÜRE IHN ...
... ICH SPÜRE *IHN*!
NEIN!
NEIN.
IHR SEID NOCH BEI MIR ...

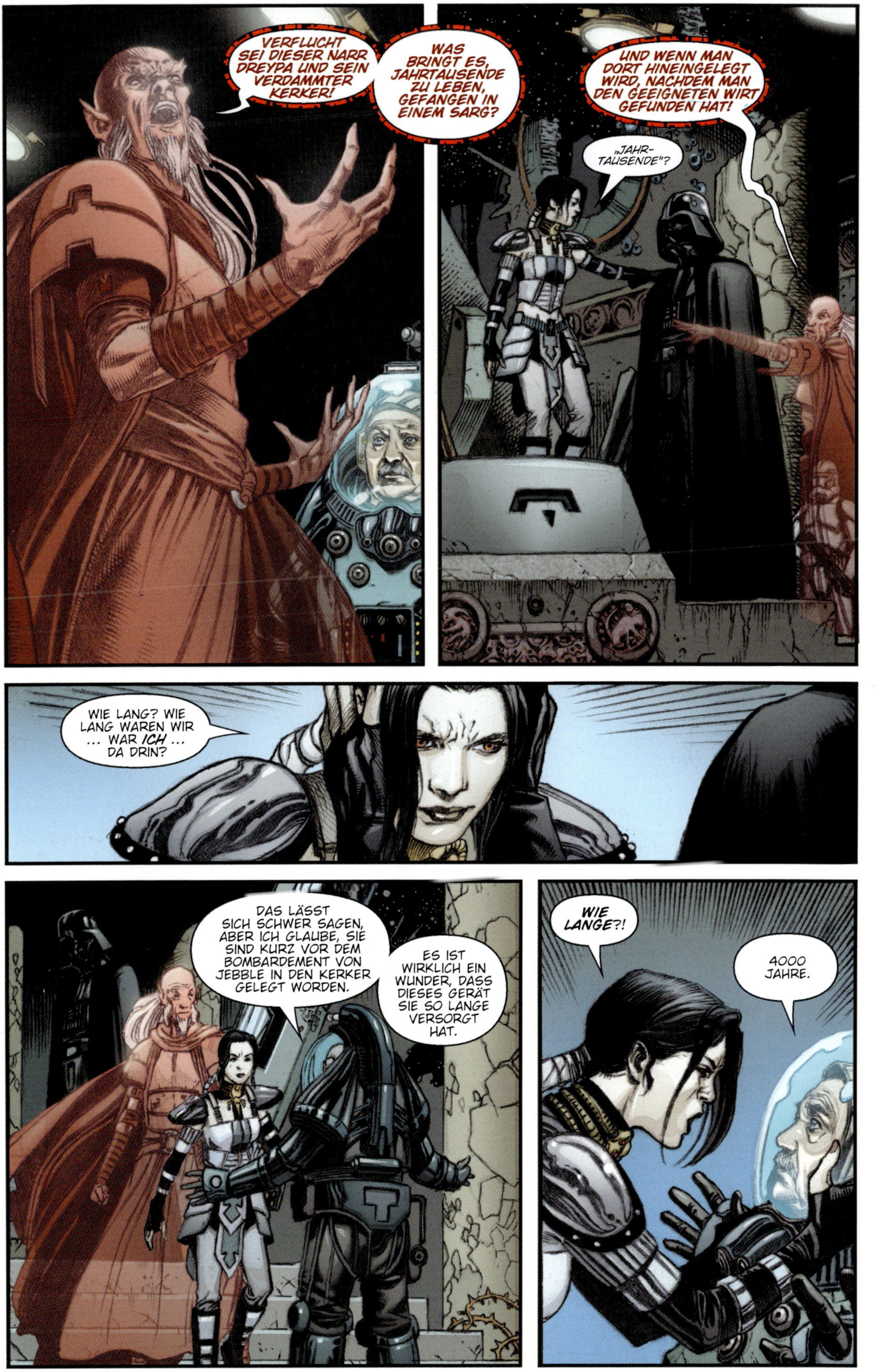
VERFLUCHT SEI DIESER NARR DREYPA UND SEIN VERDAMMTER KERKER!
WAS BRINGT ES, JAHRTAUSENDE ZU LEBEN, GEFANGEN IN EINEM SARG?
UND WENN MAN DORT HINEINGELEGT WIRD, NACHDEM MAN DEN GEEIGNETEN WIRT GEFUNDEN HAT!
„JAHRTAUSENDE"?
WIE LANG? WIE LANG WAREN WIR ... WAR *ICH* ... DA DRIN?
DAS LÄSST SICH SCHWER SAGEN, ABER ICH GLAUBE, SIE SIND KURZ VOR DEM BOMBARDEMENT VON JEBBLE IN DEN KERKER GELEGT WORDEN.
ES IST WIRKLICH EIN WUNDER, DASS DIESES GERÄT SIE SO LANGE VERSORGT HAT.
WIE LANGE?!
4000 JAHRE.

4000 ...
SO VIEL VERGEUDETE ZEIT!
ZAYNE IST GESCHEITERT ...
UND DER BUND? WAR ER ERFOLGREICH?
ICH WEISS NICHTS VON EINEM „BUND" ...
WAS IST MIT DEN RAKGHOULS?
AUF TARIS ISOLIERT UND SCHLIESSLICH AUSGELÖSCHT ...
UND DIE MANDALORIANER ... HABEN DIE MANDALORIANER DIE REPUBLIK EROBERT?
NEIN.
DANN BESTEHT DIE REPUBLIK NOCH!
NEIN.
DIE REPUBLIK WURDE VON DEN SITH GESTÜRZT ...

SITH?
SITH!
AH-OH.
ICH HÄTTE ES FRÜHER SPÜREN MÜSSEN!

ICH MÖCHTE DICH NICHT VER-LETZEN ...
NEIN? NUN, ICH MÖCHTE DICH *UM-BRINGEN!*
LORD VADER!

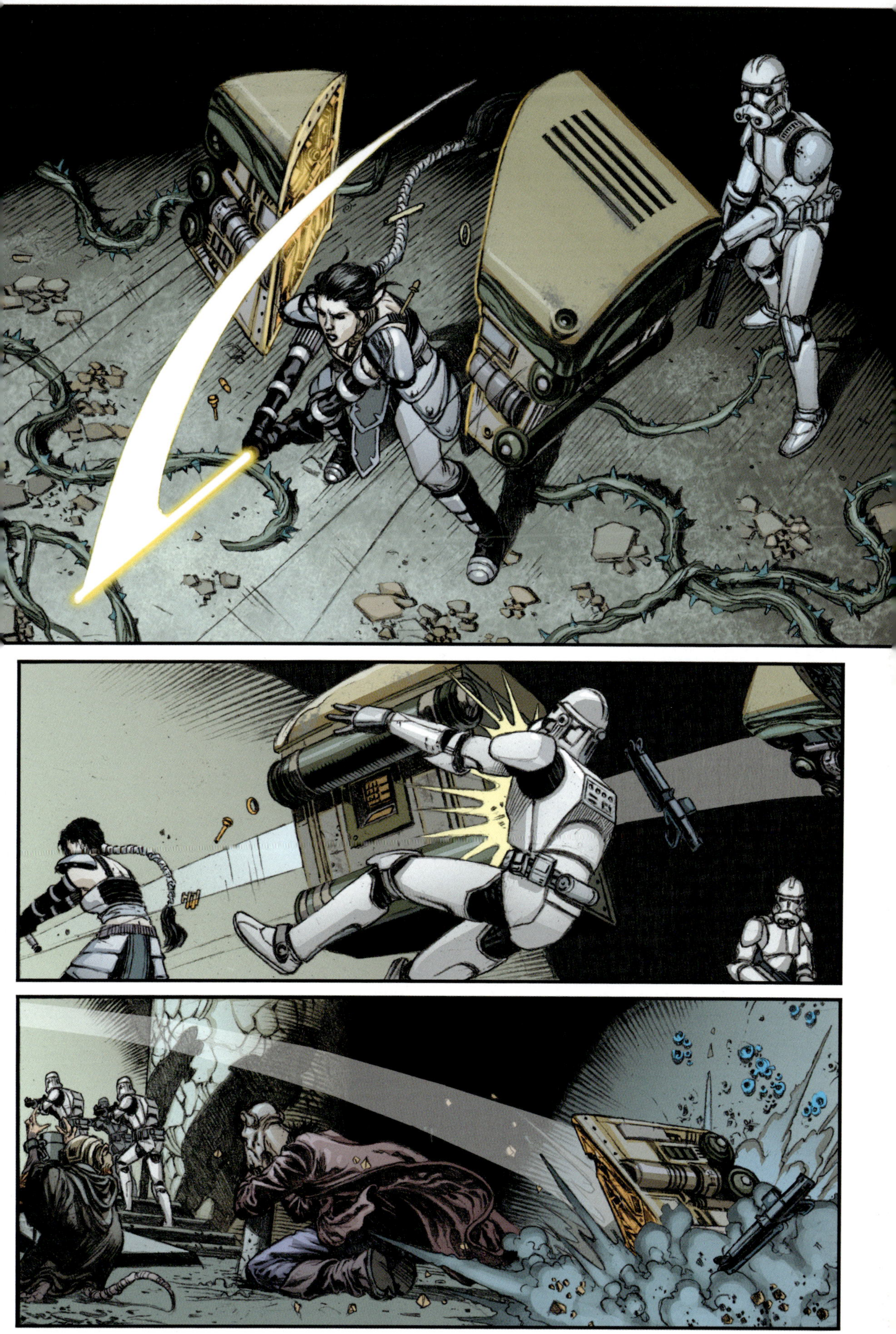

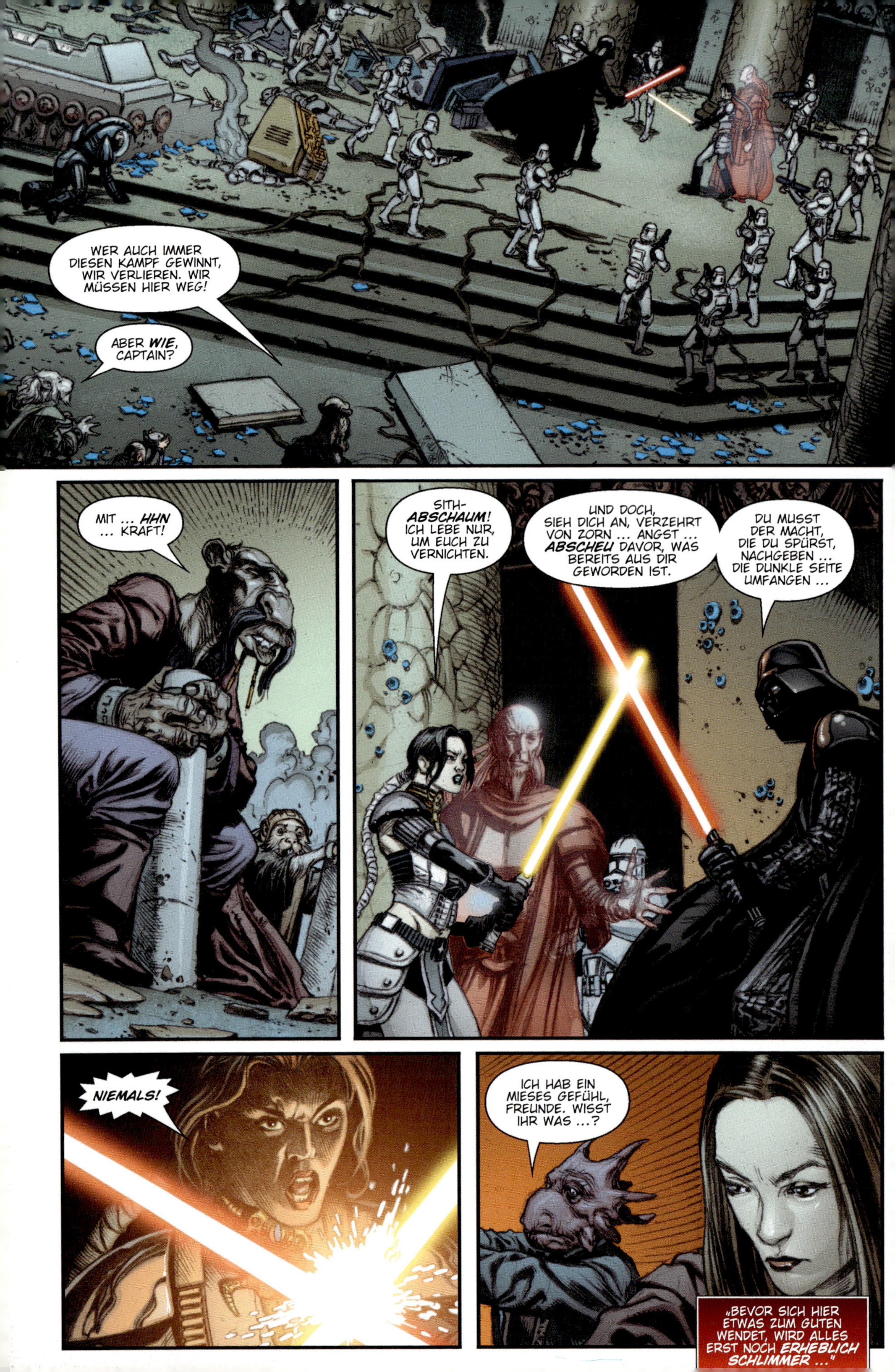

WER AUCH IMMER DIESEN KAMPF GEWINNT, WIR VERLIEREN. WIR MÜSSEN HIER WEG!
ABER **WIE**, CAPTAIN?
MIT ... **HHN** ... KRAFT!
SITH-**ABSCHAUM**! ICH LEBE NUR, UM EUCH ZU VERNICHTEN.
UND DOCH, SIEH DICH AN, VERZEHRT VON ZORN ... ANGST ... **ABSCHEU** DAVOR, WAS BEREITS AUS DIR GEWORDEN IST.
DU MUSST DER MACHT, DIE DU SPÜRST, NACHGEBEN ... DIE DUNKLE SEITE UMFANGEN ...
NIEMALS!
ICH HAB EIN MIESES GEFÜHL, FREUNDE. WISST IHR WAS ...?
„BEVOR SICH HIER ETWAS ZUM GUTEN WENDET, WIRD ALLES ERST NOCH **ERHEBLICH SCHLIMMER** ...“

ICH BIETE DIR DIE CHANCE, AN MEINER SEITE ÜBER DIE GALAXIS ZU HERRSCHEN.
ICH TANZE LIEBER AUF DEINEM GRAB, SITH!

DER HIER IST STARK, CELESTE MORNE ... UND WILLENS. ER VERDIENT DEN TALISMAN!
NEIN! ER BEKOMMT IHN NICHT!
DU WIRST IHN NIE BESITZEN!
NEIN? DU WIRST DIESEN KAMPF NICHT ÜBERLEBEN ...
... ES SEI DENN, DU VERTRAUST DICH MIR AN ... AKZEPTIERST MEINE MACHT ...
SCHWEIG! LASS MICH IN RUHE!
ICH WILL DEINE LÜGEN NICHT HÖREN!
„LÜGEN"? DIE MACHT DER DUNKLEN SEITE IST KEINE ILLUSION!
UHNFF!

DER GEIST DES LANGE VERSTORBENEN SITH-LORDS HAT RECHT. DER FREMDE NAMENS VADER IST STARK, STÄRKER, ALS SIE SICH ZURZEIT FÜHLT ...
... UND MÖGLICHERWEISE IST ER AUCH BEREIT, KARNESS MUURS **RAKGHOUL-SEUCHE** IN DER GALAXIS ZU VERBREITEN.
AUFGEBEN KOMMT NICHT IN FRAGE. SO WENIG WIE EINE NIEDERLAGE ...
... OBWOHL SIE UNVERMEIDLICH ERSCHEINT.

CAPTAIN, WAS SOLLEN WIR TUN?
CAPTAIN HEREN?
NNNNGH ...
DU STINKST NACH VERZWEIFLUNG ... NACH NIEDERLAGE.
GIB AUF, CELESTE MORNE. DU HAST VERLOREN.
GIB AUF. DU KANNST NICHT SIEGEN.
DOCH!

GIB AUF ...
... ODER STIRB.
AH-OH ...

UND SO MUSS CELESTE EINE UNMÖGLICHE WAHL TREFFEN ...
... SICH KARNESS MUUR ANVERTRAUEN UND DIE MACHT EINES ALTEN SITH-LORDS NUTZEN, UM EINEN NEUEN ZU BESIEGEN ...
... UND DABEI IHRE SEELE VERLIEREN, ODER ...
LASS DICH VON IHM TÖTEN! DER TOD WIRD DICH BEFREIEN, CELESTE!
... DEN TOD WÄHLEN ...
... UND DULDEN, DASS MUURS MACHT AN VADER ÜBERGEHT ...
... WAS DIE GALAXIS IN EINE HÖLLE VERWANDELN WÜRDE.
CELESTE MORNE STELLT SICH VOR, WIE JEMAND MIT VADERS GRENZENLOSEM ZORN SICH MUURS MACHT BEDIENT.
SIE HAT GAR KEINE WAHL.

ABER AUCH VADER HAT EINE ENTSCHEIDUNG GEFÄLLT.
ER SPÜRT DIE MACHT IN DEM TALISMAN.
ER KÖNNTE DIESE JEDI ERSCHLAGEN ... IHR DEN GARAUS MACHEN ...
JA! TÖTE SIE! BENUTZE MEINEN TALISMAN FÜR DEINE ZWECKE!
DU SPÜRST DIE MACHT, DIE DIR GEHÖREN KÖNNTE. ERGREIFE SIE!
... DOCH ...
... WENN ER DIE MACHT DES MUUR-TALISMANS AN SICH NIMMT, WIRD ER SEIN ZIEL DANN ERREICHEN ...
... ODER NUR EINEN MEISTER GEGEN EINEN ANDEREN TAUSCHEN?

?
-KEUCH!-
WO WOLLEN SIE HIN, DOKTOR PETURRI?

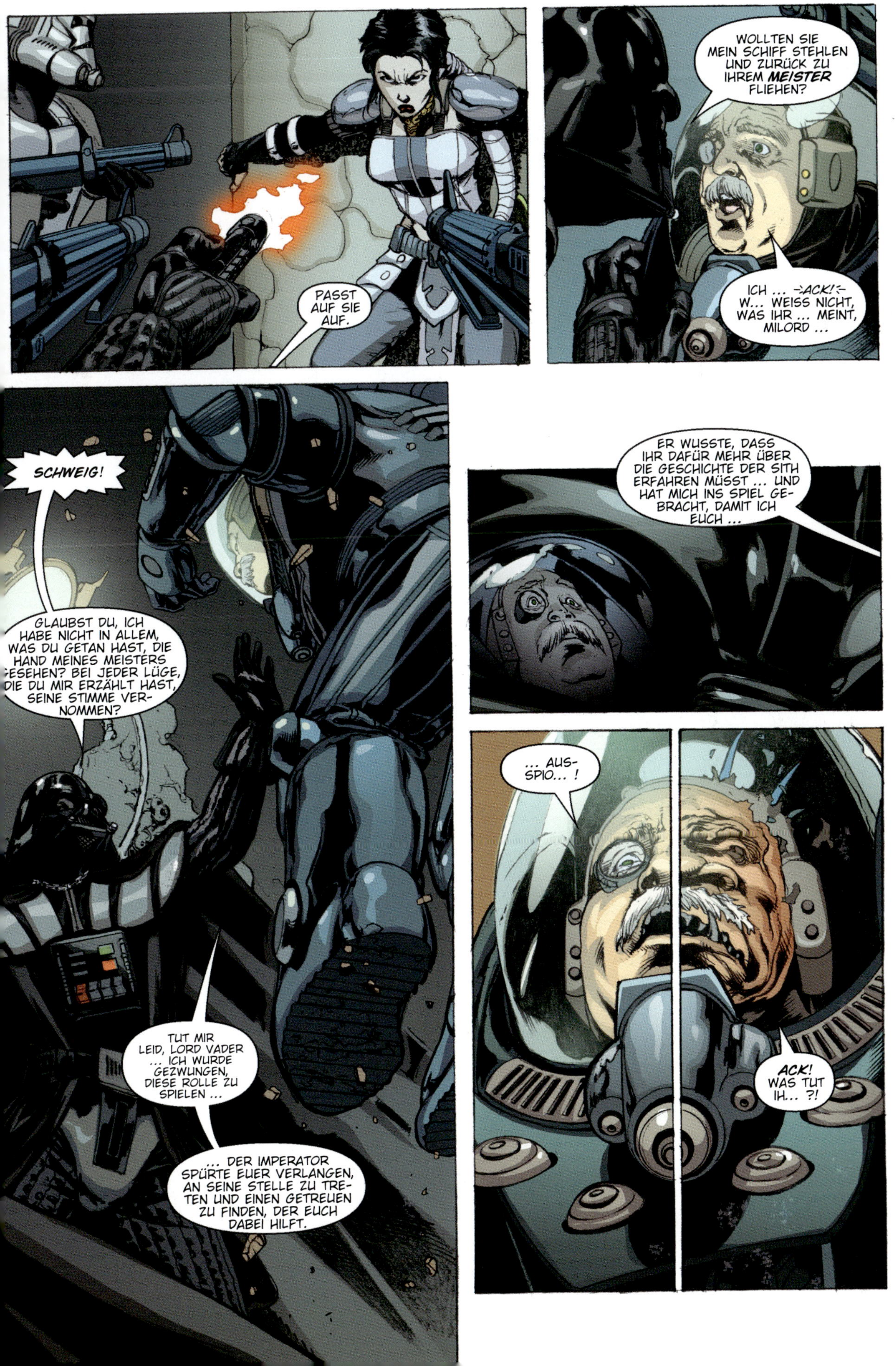
PASST AUF SIE AUF.
WOLLTEN SIE MEIN SCHIFF STEHLEN UND ZURÜCK ZU IHREM MEISTER FLIEHEN?
ICH ... -ACK!- W... WEISS NICHT, WAS IHR ... MEINT, MILORD ...
SCHWEIG!
GLAUBST DU, ICH HABE NICHT IN ALLEM, WAS DU GETAN HAST, DIE HAND MEINES MEISTERS GESEHEN? BEI JEDER LÜGE, DIE DU MIR ERZÄHLT HAST, SEINE STIMME VERNOMMEN?
TUT MIR LEID, LORD VADER ... ICH WURDE GEZWUNGEN, DIESE ROLLE ZU SPIELEN ...
... DER IMPERATOR SPÜRTE EUER VERLANGEN, AN SEINE STELLE ZU TRETEN UND EINEN GETREUEN ZU FINDEN, DER EUCH DABEI HILFT.
ER WUSSTE, DASS IHR DAFÜR MEHR ÜBER DIE GESCHICHTE DER SITH ERFAHREN MÜSST ... UND HAT MICH INS SPIEL GEBRACHT, DAMIT ICH EUCH ...
... AUS-SPIO... !
ACK! WAS TUT IH... ?!

DAS IST DIE RAKGHOUL-PLAGE. HAST DU WIRKLICH GEGLAUBT, EIN ANZUG, DER GEBAUT WURDE, DICH VOR BAKTERIEN UND VIREN ZU SCHÜTZEN, WÜRDE DICH VOR SITH-MAGIE BEWAHREN?
MICH SCHÜTZT DIE MACHT, WIE DEINE FORSCHUNGEN GEZEIGT HABEN.
UND DU BIST NUN NUTZLOS.

RRAAR!
SNAWRRRL!
!

YAAAAH!
HRRRNF!
HUK!

HALT STILL, MEEKERDIN-MAA!
SCHLUCK!
ZERSCHIESS MEINE KETTEN, DANN BEFREIE DIE ANDEREN!
SCHNELL!
WIR MÜSSEN ENTKOMMEN, WÄHREND SIE ABGELENKT SIND!

CAPTAIN!
HALTE DURCH, CRYS!
BE-ENDEN WIR ES!
JA, BEENDE ES! DIESER SITH HAT DICH SCHON EINMAL BEZWUNGEN, ER WIRD ES WIEDER TUN.
ER WIRD SICH DEN TALISMAN NEHMEN …
… UND DANN GEHÖRT ER MIR!
IN IHREM HERZEN WEISS CELESTE MORNE, DASS KARNESS MUUR DIE WAHRHEIT SPRICHT …

... SIE HAT NICHT DIE KRAFT, VADER AUFZUHALTEN.
KARNESS MUUR SCHON.
ZUM ERSTEN MAL ÖFFNET SIE SICH DER MACHT DES TALISMANS UND ...
WAS HAST DU GETAN, WEIB? DIESE MACHT GEHÖRT MIR!

NICHT WEIT ENTFERNT ...
UHH!
CRYS! WAS HAST DU?
DU HAST MIR DEN FLUCH DIESER MACHT AUFGELADEN, KARNESS MUUR ...
... UND ICH VEREITLE MIT IHR DEINE PLÄNE! DU KANNST VADER NICHT EIN-NEHMEN ...
... WENN ER TOT IST!

DAS WAR NICHT VORHERSEHBAR.
HIER WIRD ER KEINEN SCHÜLER FINDEN ...
... NUR DEN TOD.
CRYS, BIST DU VERLETZT? KANNST DU AUFSTEHEN?
K-KUBBGH ...
GREENBARK, WIR MÜSSEN ZUM SCHIFF!
CAPTAIN! DORT! CRYS!

NEIN ... DAS IST SIE NICHT MEHR.
CAPTAIN ...?
RRRRRRR...
C... CAPTAIN ...
CRYS ...

ERST JANKS ...
... DANN SNIFFLES ...
... UND JETZT ... CRYS ...

DIESER PLAN IST GE-SCHEITERT.
ER ENDETE **KATASTRO-PHAL.**
DIESE ALTE JEDI, DIESE **CELESTE MORNE**, WIRD IHM NICHT DABEI HELFEN, SEINEN MEISTER ZU STÜRZEN …
SIE WIRD NICHT DIE SCHÜLERIN SEIN, AUF DIE ER HOFFTE …
DAS EINZIG GUTE IST, DASS ES KEINE ÜBERLEBENDEN GIBT, DIE DEM IMPERATOR VON SEINEM VERSUCH BERICHTEN KÖNNTEN.
DOCH DAS IST NICHT DAS ENDE SEINER SUCHE.

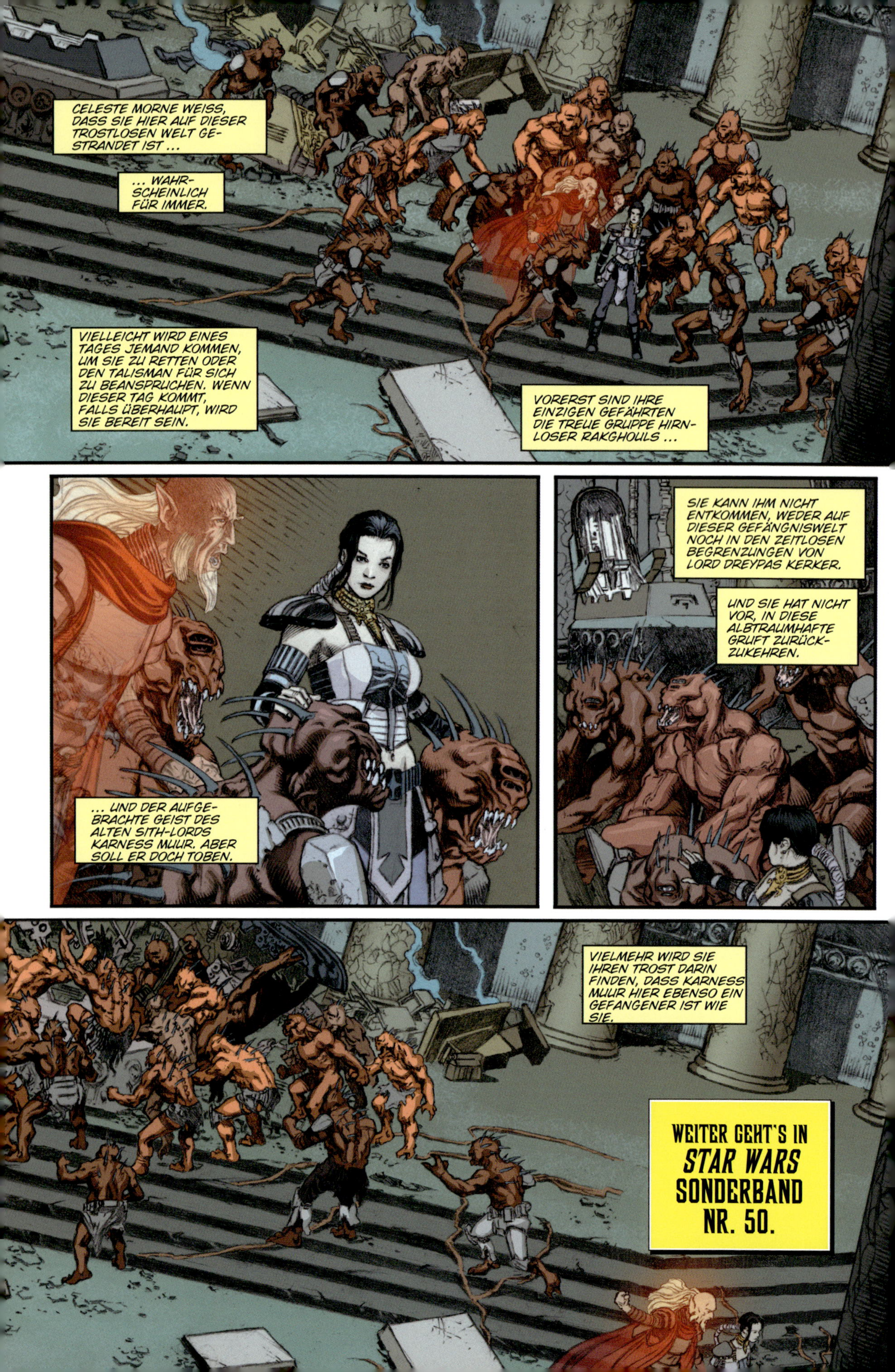

CELESTE MORNE WEISS, DASS SIE HIER AUF DIESER TROSTLOSEN WELT GESTRANDET IST ...
... WAHRSCHEINLICH FÜR IMMER.
VIELLEICHT WIRD EINES TAGES JEMAND KOMMEN, UM SIE ZU RETTEN ODER DEN TALISMAN FÜR SICH ZU BEANSPRUCHEN. WENN DIESER TAG KOMMT, FALLS ÜBERHAUPT, WIRD SIE BEREIT SEIN.
VORERST SIND IHRE EINZIGEN GEFÄHRTEN DIE TREUE GRUPPE HIRNLOSER RAKGHOULS ...
... UND DER AUFGEBRACHTE GEIST DES ALTEN SITH-LORDS KARNESS MUUR. ABER SOLL ER DOCH TOBEN.
SIE KANN IHM NICHT ENTKOMMEN, WEDER AUF DIESER GEFÄNGNISWELT NOCH IN DEN ZEITLOSEN BEGRENZUNGEN VON LORD DREYPAS KERKER.
UND SIE HAT NICHT VOR, IN DIESE ALBTRAUMHAFTE GRUFT ZURÜCKZUKEHREN.
VIELMEHR WIRD SIE IHREN TROST DARIN FINDEN, DASS KARNESS MUUR HIER EBENSO EIN GEFANGENER IST WIE SIE.
WEITER GEHT'S IN STAR WARS SONDERBAND NR. 50.

COVER GALLERY

COVER GALLERY

US-STAR WARS KNIGHTS OF THE OLD REPUBLIC #26

US-STAR WARS KNIGHTS OF THE OLD REPUBLIC #27

COVER GALLERY

US-STAR WARS KNIGHTS OF THE OLD REPUBLIC #28

Chronologische Übersicht der Star Wars-Sonderbände

Ära	Zeit	Titel	Band
ÄRA DER ALTEN REPUBLIK	4000-3996 vSY	Jedi-Chroniken: Das Geheimnis der Jedi-Ritter	(Essentials 5)
		Jedi-Chroniken: Die Lords der Sith	(Essentials 6)
	3986 vSY	Jedi-Chroniken: Die Erlösung	(SB 6)
	3964-3963 vSY	Knights of the Old Republic I: Der Verrat	(SB 33)
		Knights of the Old Republic II: Stunde der Wahrheit	(SB 37)
		Knights of the Old Republic III: Tage der Furcht	(SB 41)
		Knights of the Old Republic IV: Tage des Hasses	(SB 43)
	-1000 vSY	Jedi vs. Sith	(SB 9)
ÄRA DES AUFSTIEGS DES IMPERIUMS	-33 vSY	Darth Maul	(SB 8)
		Jedi Council: Aufstand der Yinchorri	(SB 10)
	-32 vSY	Star Wars: Episode I - Die dunkle Bedrohung	(SB 1)
		Star Wars: Episode I - Adventures	(SB 5)
	-31 vSY	Infinity's End - Das dunkle Portal	(SB 21)
	-30 vSY	Der Stark Hyperspace Krieg	(SB 11)
	-28 vSY	Das Jedi-Ritual	(SB 13)
	-22-20 vSY	Star Wars: Episode II Angriff der Klonkrieger	(SB)
		Klonkriege I: Die Verteidigung von Kamino	(SB 16)
		Klonkriege II: Im Visier des Bösen	(SB 19)
		Klonkriege III: Das letzte Gefecht um Jabiim	(SB 20)
		Klonkriege IV: Licht und Schatten	(SB 22)
		Klonkriege V: Auf Messers Schneide	(SB 23)
		Klonkriege VI: Schlachtfelder	(SB 26)
		Klonkriege IX: Besessen	(SB 35)
		Klonkriege VII: Waffenbrüder	(SB 27)
	-19 vSY	Star Wars: Episode III Die Rache der Sith	(SB)
		Klonkriege VIII: Der unsichtbare Feind	(SB 31)
	-2 vSY	Boba Fett: Feind des Imperiums	(SB 12)
	1-0 vSY	Imperium: Darklighter	(SB 18)
		Imperium: Hochverrat	(SB 14)
SCHLACHT UM YAVIN			
ÄRA DER REBELLION	0 nSY	Star Wars: Episode IV Eine neue Hoffnung	(Classics 1)
		Imperium: Das Herz der Rebellion	(SB 25)
		Imperium: Im Schatten des Vaters	(SB 28)
		Imperium: Auf der falschen Seite des Krieges	(SB 32)
	3-5 nSY	Schatten des Imperiums	(Essentials 4)
ÄRA DER NEUEN REPUBLIK	5 nSY	X-Wing Rogue Squadron: Schlachtfeld Tatooine	(SB 30)
		X-Wing Rogue Squadron: Die Thronerbin	(SB 34)
		X-Wing Rogue Squadron: Requiem für einen Rogue	(SB 38)
		X-Wing Rogue Squadron: Im Dienste des Imperiums	(SB 44)
		Schatten des Imperiums: Evolution	(SB 7)
	-9 nSY	Erben des Imperiums	(Essentials 3)
	-10-11 nSY	Das dunkle Imperium I	(Essentials 1)
		Das dunkle Imperium II	(Essentials 2)
	-11 nSY	Crimson Empire	(SB 2)
		Crimson Empire II: Das Blutgericht	(SB 15)
	-20 nSY	Union - Die Hochzeit von Luke und Mara	(SB 3)
ÄRA DES ERBES DER JEDI-RITTER	-25 nSY	Chewbacca	(SB 4)
LEGACY ÄRA	-130-137 nSY	Legacy I: Skywalkers Erbe	(SB 36)
		Legacy II: Neue Allianzen	(SB 40)
		Legacy III: Die Klauen des Drachen	(SB 42)
INFINITIES (nicht Bestandteil der offiziellen Timeline)		Tag & Bink: Krawall im All	(SB 39)
		Eine neue Hoffnung - Infinities	(SB 17)
		Das Imperium schlägt zurück - Infinities	(SB 24)
		Rückkehr der Jedi Ritter - Infinities	(SB 29)

vSY = vor der Schlacht um Yavin
nSY = nach der Schlacht um Yavin

STAR WARS™
Comic-Sonderbände

2	CRIMSON EMPIRE I	€12,95	ISBN 978-3-89748-240-1
15	CRIMSON EMPIRE II - DAS BLUTSGERICHT	€14,95	ISBN 978-3-89748-723-9
21	INFINITY'S END - DAS DUNKLE PORTAL	€9,95	ISBN 978-3-8332-1076-1
25	IMPERIUM - DAS HERZ DER REBELLION	€9,95	ISBN 978-3-8332-1201-7
27	KLONKRIEGE VII - WAFFENBRÜDER	€14,95	ISBN 978-3-8332-1227-4
28	IM SCHATTEN DES VATERS	€12,95	ISBN 978-3-8332-1228-7
29	INFINITIES - DIE RÜCKKEHR DER JEDI-RITTER	€9,95	ISBN 978-3-8332-1229-1
30	X-WING ROGUE SQUADRON - SCHLACHTFELD TATO...	€12,95	ISBN 978-3-8332-1350-2
31	KLONKRIEGE VIII - DER UNSICHTBARE FEIND	€14,95	ISBN 978-3-8332-1351-9
32	IMPERIUM - AUF DER FALSCHEN SEITE DES KRIEGES	€12,95	ISBN 978-3-8332-1352-6
33	KNIGHTS OF THE OLD REPUBLIC I - DER VERRAT	€14,95	ISBN 978-3-8332-1353-3

34
X-WING ROGUE SQUADRON - Die Thronerbin
€9,95 - ISBN: 978-3-8332-1354-0

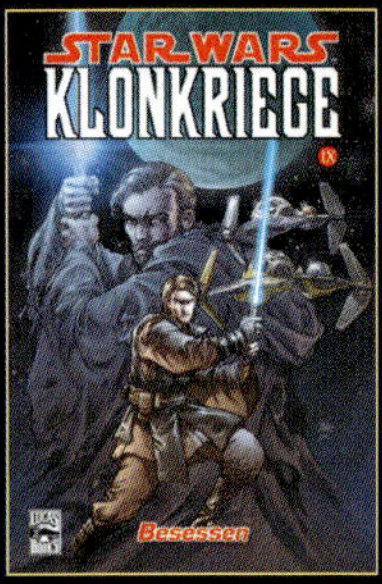

35
KLONKRIEGE IX - Besessen
€14,95 - ISBN: 978-3-8332-1355-7

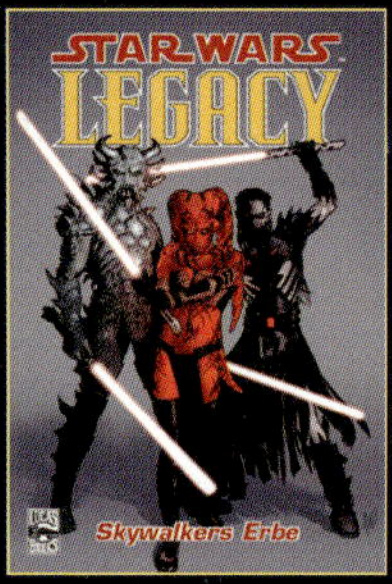

36
LEGACY - Skywalkers Erbe
€14,95 - ISBN: 978-3-86607-338-8

37
KNIGHTS OF THE OLD REPUBLIC II - Stunde der Wahrheit
€14,95 - ISBN: 978-3-86607-339-5

38
X-WING - Requiem für einen Roque
€9,95 - ISBN: 978-3-86607-340-1

39
TAG & BINK - Krawall im All
€12,95 - ISBN: 978-3-86607-341-8

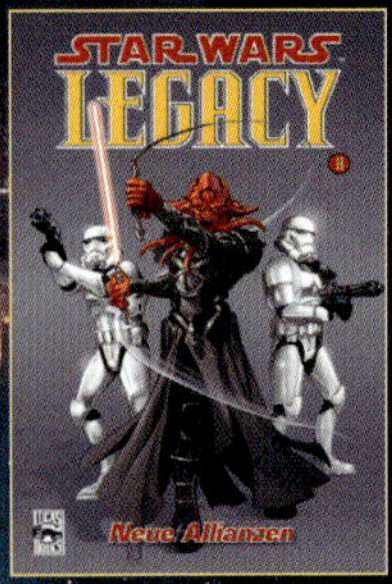

40
LEGACY II - Neue Allianzen
€16,95 - ISBN: 978-3-86607-342-5

41
KNIGHTS OF THE OLD REPUBLIC III - Tage der Furcht
€16,95 - ISBN: 978-3-86607-343-2

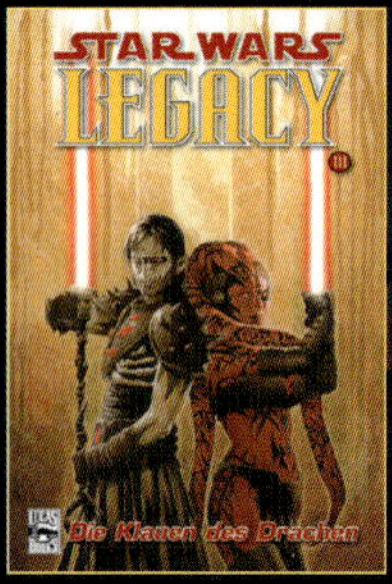

42
LEGACY III - Die Klauen des Drachen
€14,95 - ISBN: 978-3-86607-551-1

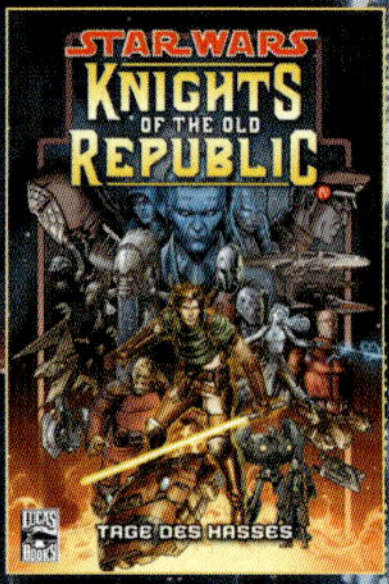

43
KNIGHTS OF THE OLD REPUBLIC IV
€14,95 - ISBN: 978-3-86607-552-8

44
X-WING ROGUE SQUADRON - Im Dienste des Imperiums
€12,95 - ISBN: 978-3-86607-553-5

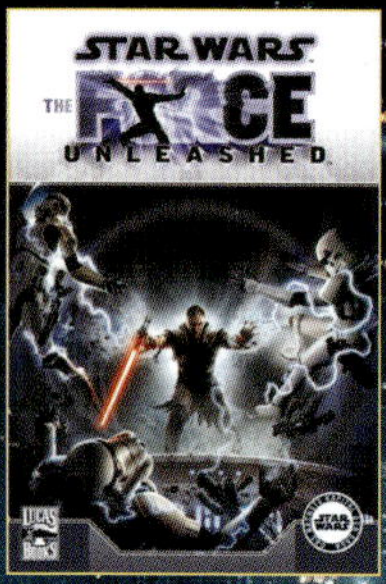

45
THE FORCE UNLEASHED
€12,95 - ISBN: 978-3-86607-554-2

Star Wars Essentials – Die Klassiker-Reihe

1
DAS DUNKLE IMPERIUM I
€16,95 - ISBN: 978-3-86607-344-9

2
DAS DUNKLE IMPERIUM II
€19,95 - ISBN: 978-3-86607-345-6

3
DIE ERBEN DES IMPERIUMS
€16,95 - ISBN: 978-3-86607-346-3

4
SCHATTEN DES IMPERIUMS
€16,95 - ISBN: 978-3-86607-563-4

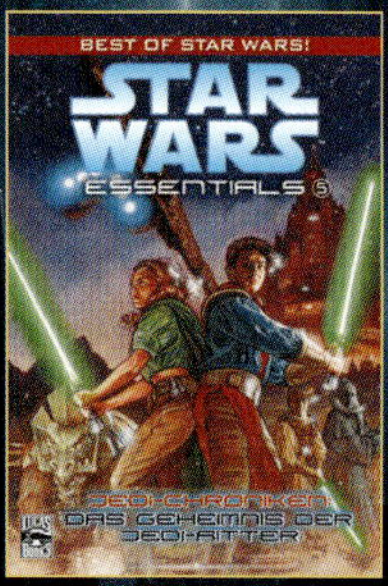

5
JEDI-CHRONIKEN: DAS GEHEIMNIS DER JEDI-RITTER
€19,95 - ISBN: 978-3-86607-564-1

LUCAS BOOKS

www.paninicomics.de Panini COMICS